JN126695

第1話　追放

「トラオ、お前はクビだ」

懇意にしている酒場の一室、パーティーメンバーがテーブルを囲んだ席で、リーダーのライネルから僕はそう告げられた。

ライネルは青い髪に整った顔立ちをしている長身の戦士。だが、今その顔は厳しいものとなっている。

「何を言ってるんだ、ライネル？　それは一体何の冗談だ？」

僕たちは長い間、苦楽を共にしてきた仲だ。彼が本心でそう言っているとは思いたくなかった。

「冗談？　はっきり言うがな、もうお前は要らないんだよ。魔法は使えない、かといって、戦闘能力は普通の戦士以下の、職業・商人のお前は足手まといなんだ！」

うっ、と言葉に詰まった。それは言わない約束である。

職業・商人。それはギルドに認められている公式な冒険者の職業のひとつ。なのだが、本当に商人で登録している冒険者はほとんどいない。

　なぜなら、ライネルが言う通り、商人は魔法は使えず、戦力としては一般的な前衛職に及ばない職業だからだ。

「いや待て、ライネル！　確かに僕が戦力としては微妙なポジションにいることは認めよう！　でも、金銭的に窮乏していたこのパーティーを立て直したのは僕じゃないか！」


　そう、職業・商人の価値。それは戦闘以外の場面にある。

　冒険者というのは基本的に脳筋だ。経済的な感覚が麻痺している連中が多い。後先考えずに金を使い、そのせいで冒険が行き詰まってしまうこともある。

　依頼の成功報酬を一晩の酒代に使ってしまった飲んだくれの冒険者や、その場の勢いで高価な装備を購入した挙句、まったく役に立たずに無駄にしてしまった冒険者など、浪費話は枚挙にいとまがない。

　そこで役に立つのが商人。無計画な生活設計を見直し、支出と収入のバランスを整え、パーティーを安心・安定の未来へと導く、縁の下の力持ち的な存在だ。

「そうだな、確かにお前には世話になったよ。駆け出しで適当に金を使って、どうにもならなくなっていた俺たちを救ってくれたのはお前だ！　でも、限界なんだよ！」

「そうです！　もう無理です！」

ライネルに同調するように声を上げたのは、僧侶のシエル。彼女も青い髪で、愛嬌のある顔立ちをしている。

「何でいつまで経っても装備品が中古なんですか？　お金ならいっぱいあるじゃないですか！　私たちだって、たまには新しい装備が欲しいです！」

「いや、だって、どうせレベルアップすれば、古い装備は要らなくなるから、新品を買う必要はないじゃないか。お金の無駄だよ。新品が要らないということは、それだけ君たちに将来性があるという証なんだよ？」

そう、彼らはすぐに新しい装備を欲しがるが、冒険者としての実力が上がれば、短期間でもっと高性能の装備に替わることが目に見えている。ならば中古で十分だし、費用対効果も高い。

「いくら中古だからって限度があります！　私、女なんですよ？　何で見ず知らずのおっさんが着ていた男物の神官服を着なきゃいけないんですか？」

シエルの身長はトラオよりやや低い程度で、女性にしては背が高い。そのためか、男物の神官服でも似合わないことはなかった。

「何でって……安かったから？」

シエルの着ている神官服はリーズナブルな価格で手に入れた。元は偉い僧侶のおじさんが長年愛用していたものらしい。

「洗っても洗っても、しみついた加齢臭は落ちないし、いくら強くなっても、同期の子たちからは『シエルって、私たちと違って、熟練の僧侶って感じがするよね、主におい
が』って、嫌味を言われるんですよ？　もう耐えられません！」

シエルは涙目だった。

「においって言われてもなぁ。僕たちは生き死にを賭けて戦っているんだし、魔物の返り血を浴びることだってある訳で。どうせ汚くなるんだから、そんなに気にするところかな？」

「これだから商人って奴は……」

ため息交じりに立ち上がったのは、魔法使いのルイーズだ。ライネル、シエルと同郷のルイーズもまた青い髪であり、背の高さは平均的な女性くらいで、僕より頭ひとつ低い。ちょっときつい顔立ちをしているが、まあまあ可愛い。

「はっきり言って、シエルはまだマシなほうよ。私のこのローブに関してはどう思ってい

るの？」

ルイーズの着ている黒いローブは、ドラゴンの血で染め上げられた最高級品である。

パーティーメンバーの中でも、最も性能が高い装備品だ。

「いやぁ、それに関しては運がよかったよ。最高級の魔導士のローブが、美品でそれも格安で手に入ったんだからね！　商人としては最高の戦果だったかな？　しかも特別な魔法まで付与されているんだよ？」

「それがたとえ墓場からの盗品だったとしても？　これは大賢者のミイラが埋葬品として着ていたローブなのよ⁉　あとその特別な魔法とやらは、術者の命と引き換えに周囲を地獄に変える超絶迷惑な自爆呪文じゃない！」

ルイーズは自分の着ているローブをきつく握りしめた。

やめてほしい、中古で売るときに値段が下がってしまう。

大体、ダンジョンで拾った装備と、墓場に埋まっていた装備に何の違いがあるというのか？

いやない。であれば、その程度のことは気にするべきではないはずだ。

「私のローブは加齢臭どころか死臭がするのよ！　この前入ったダンジョンじゃ、グールが仲間と勘違いして群がってきたじゃない！　そんなことでいいと思ってるの⁉」

ルイーズは身体を震わせて怒っている。

「え？　いいんじゃない？　仲間と見做されるんだから、攻撃される訳じゃないし、特殊耐性がひとつ増えたと思えば、むしろラッキーなのでは？」

彼女が何をそんなに怒っているのか、僕には理解できない。死臭というデメリットはむしろメリットになっているし、性能的には最高のローブだと思うのだが。


「「「そういうとこだぞ、トラオ！」」」

三人が声を合わせた。

「いや、でもそんなに嫌だったら買い替えればいいだけで、何も僕をクビにする必要はないんじゃないかな？」

買ってきた装備が臭い、などという理由でクビにされたら、いい笑い者になってしまう。

「それだけじゃないんだよ、トラオ」

ライネルの目が冷たく光った。

「お前、パーティーの金を使い込んでるだろう？」

「えっ？」

　正直、心当たりがあり過ぎた。

　ただ、正確に言うと、パーティーの金を投資で運用して利益を出し、そのお金を使って、いろいろなことに手を出していただけだ。原資はしっかり残っている。

「女だけで構成されているパーティー『ガーネット』は、お前が金を出して囲っているそうじゃないか？」

「それは……」

　事実だ。だが、なぜライネルたちがそのことを知っている？　緊張で僕の口の中が急速に乾いていった。

「ガーネットっていったら、私たちより四つくらい下の子たちでしょ？」

　ルイーズが汚いものでも見るような目で、僕を見た。

「お金を出して、そんな若い女の子たちに何をさせていたんですか？」

　シエルの表情も嫌悪感を露わにしていた。

「違うんだ！　確かに彼女たちにお金を使っていた！　でもそれは……」

「何が違うんだ、トラオ？　要は金で女を買ったってことだろう？　それもパーティーの金に手を付けて」

　吐き捨てるようにライネルは言った。

「…………」

「お前は商人だ。まさか、善意でガーネットに金を使っていた訳じゃないんだろう？　お前は何らかの見返りを求めて金を使ったはずだ。それも、よりにもよって若い女にな」

それはその通りだった。商人は無駄なことに金を使わない。必ずリターンを求める。

「わかったか、トラオ？　お前は俺たちを裏切ったんだよ。最悪な形でな」

まずい、何か言い訳をしないといけない。そうでないと、本当にパーティーを追放されてしまう。

僕は商人だ。舌先三寸でどんな場面でも何とかしてきたはずだ。

だけど今は、仲間たちの僕を見る視線が刺すように痛い。そのせいで上手く言葉が出てこない。

「パーティーの金を置いて出ていけ、トラオ。もう、お前の顔は見たくない」

最後通告をライネルが告げる。

「……わかった。わかったよ、ライネル。僕は出ていく」

そう言うしかなかった。何の譲歩も引き出せなかった。これでは商人すら失格だ。

僕はテーブルの上に、金貨が詰まった袋を置いた。

しかし、それでも僕には、ひとつだけ言わねばならないことがあった。

「ライネル、魔王討伐は時期尚早だ。それだけはやめてくれ」

魔王討伐。それは冒険者たちの最終目標であり、最高の栄誉。

現在、『金の牙』という実力派のパーティーが他の上位ランクパーティーに、共に魔王領へ潜入することを呼びかけている。

魔王軍・四天王のうち三人が他国に攻め入るために留守にしており、今こそ魔王を倒すチャンスだ、というのだ。

僕たちのパーティー『ブルーリング』にも声がかかっている。ブルーリングは冒険者ギルドの認定する最高ランクのSに入っており、実力的には申し分ない。

しかし、魔王は別格の相手だ。四天王も一人だけとはいえ、筆頭を務める魔人ベッケル。四本の腕と四つの眼を持ち、その実力は計り知れない。

現状では情報も足りなければ、力も金もまだ全然不足していると僕は見ていた。

「お前はそう言うと思っていた。だから追放するんだよ、トラオ」

ライネルは不敵な笑みを浮かべた。

「お前は所詮商人だ。俺たちと比べると、レベルが上がっても大して強くならない。だから、いつまで経っても力が足りないと思い込んでいるんだ」

「それは違うぞ、ライネル。商人だからこそ、僕は冷静に算盤を弾くことができる。自分を客観的に見ることができない商人は二流だ」

さすがにそれは聞き流すことはできない。目利きができない商人と言われては、商売あがったりだ。

「お前は二流の商人だったんだよ、トラオ」

ライネルは冷たく言い放った。

「出ていけ、俺たちはお前がいなくてもやってみせる」

彼の目を見て、何を言っても聞き入れられないことはわかった。シエルとルイーズも同じ考えのようだった。

「わかったよ……」

僕はそう言うと、酒場を後にした。

第2話　トラオの後輩たち

酒場を出た僕は、すぐに町外れの一軒の家へと向かった。

一見何の変哲もない家だが、よく見ると一階には窓がなく、扉も堅牢(けんろう)なものが付けられている。

扉を二回叩き、一回叩き、三回叩いて、ようやく扉ののぞき窓が開いて、中の人間が僕の顔を確認した。

「どうされました、先輩?」

出迎えたのはリオ。彼女は僕を家に入れると、外の様子を伺ってから素早く扉を閉めた。

リオは戦士を職業とする冒険者で、動きやすさを重視した軽装の鎧を付けており、腰には剣を下げている。短い赤髪で、少し吊り上がった目としなやかに動く身体は、どこか猫を連想させた。

彼女はこの家を拠点とする女性のみのパーティー・ガーネットのリーダーでもある。

中に入ると、ガーネットのメンバーであるリリスとドミニクが僕のところへと駆け寄ってきた。

リリスは僧侶。桃色の髪を肩のところで切り揃え、くりっとした大きな目が特徴だ。少し背が低く、人に安心感を与える柔和な顔つきをしている。

ドミニクは魔法使い。くせ毛の金髪でそれを気にしてか、いつもフードを被っている。顔立ちは整っているのだが、フードのせいであまり見ることができない。

この三人で構成されるのが新進気鋭のＡランクパーティー・ガーネット、なのだが、その実、僕の手駒でもある。

四年前、冒険者としてくすぶっていた彼女たちに声をかけ、依頼を通して、魔物の倒し方、パーティーとしての連携など、冒険者として生きていくための必要な知識を教えた。さらにブルーリングの金を横流し……いや、先行投資して装備も整えてやった。

今では彼女たちは僕のことを「先輩」と呼び、ブルーリングのために情報収集や偵察活動、ときにはちょっと後ろめたい仕事も行っている。

ただ、ガーネットのことはブルーリングのメンバーには秘密にしてあった。自分たちよりも若い女の子たちに汚れ仕事をさせるなど、まず間違いなく受け入れてくれないからだ。

しかし、そういった役割を受け持つ人間がいなければ、魔王を倒すことなどできない。

世の中、綺麗事だけでは渡っていけないのだ。そういう、汚い部分を僕が引き受けていくつもりだったが……

「ブルーリングを追放されちゃったよ」

僕はおどけたように話した。

「なっ⁉」

三人は一瞬言葉を詰まらせた後、

「パーティーのお金を横領していたのがバレたんですか⁉」

「いや、パーティーメンバーには中古の装備品を押し付けているくせに、自分だけ新品の高性能アイテム袋を買ったことがバレたんですね？」

「脅迫ですか？　強盗ですか？　誘拐ですか？　どの犯罪がバレたんですか？」

一斉に僕の行っていた悪事を並べ始めた。

断っておくと、新品の高性能アイテム袋はこの先どうしても必要だったもので、決して無駄遣いではない、はず。

あと、犯罪関係は、どうしても邪魔な悪い人間に対して行ったことだから決して悪いことではない……発覚したら捕まるけど。

「……違うんだ、いや、いろいろバレたから違わないけど、そうじゃないんだ」

何だか責められている気分になった僕は、彼女たちを手で制して、落ち着かせた。

「まあ、僕に対していろいろ不満があったのは確かだが、ライネルたちは魔王討伐に行くために、反対していた僕を切ったんだ」

ガーネットのせいでクビになったと言えば、彼女たちが責任を感じてしまうので、そこは伏せておく。

「魔王討伐……先輩はやっぱり反対なんですか？」

躊躇（ためら）いながらもリリスが尋ねた。今回の金の牙の呼びかけによる魔王討伐が難しいことは、彼女たちには説明済みだ。

「まあ失敗するのが目に見えているからね。商人としては乗ることができない。全財産を博打（ばくち）に突っ込んで、翌朝、首を吊るような間抜けにはなれないよ」

「そこまで勝算が低いんですか？　先輩が参加しても無理なんですか？」

リオは魔王討伐に少し期待をしているようだ。

「僕は戦力的にはあまり役に立たないよ。勝てる盤面を作るところまでが、僕の役目のようなものだからね。確かに今は好機のようにも見えるけど、こっちとしてもまだ準備が整わない」

そう、まだ準備ができていない。必要な金も足りていない。

「そうなのですか……いえ、先輩が言うなら、その通りなのでしょうね」

リオは肩を落とした。彼女たちはブルーリングによる魔王討伐のために、今まで汚れ役を引き受けてきたのだ。無理もないかもしれない。

「ブルーリングで魔王を倒すというプランAはなくなった。だからプランB、つまり、このメンバーで魔王討伐を成し遂げる。当然、僕もガーネットに合流する。いいね？」

「……私たちで倒せるんですか？」

ドミニクが不安そうな声を上げた。言わばサポート要員として裏方の仕事ばかりしてきたのだ。今さら、「メインで戦え」と言われても困惑するだろう。

「倒せるさ。僕の言う通りにしてくれればね」

主体となるパーティーがブルーリングからガーネットに代わったので、当然計画は大きく変更されるが問題はない。

「では、私たちは最初に何をしたらいいんですか？」

リオが緊張した面持ちで聞いてきた。切り替えが早いところは彼女の長所でもある。

「まずは金の牙の動向を探ってくれ。魔王領への侵入ルートが知りたい」

「わかりました」

「ブルーリングが参加を決めたということは、魔王討伐に向かうことが決定的となるはずだ。グレードの高い武器と装備品を先に押さえろ。ポーションや薬関係も買い占めるんだ。知り合いの商人経由で、後で高値をふっかけて買わせる。リリス、ドミニク、できるな？」

僕は二人に声をかけた。交渉事はリリスに仕込んでおり、ドミニクは目利きができる。この二人に任せておけば問題ないはずだ。

「あの……魔王討伐の邪魔をするんですか？」

リリスはほんの少し僕を責めるような目をしている。

「邪魔はしないよ。ただ、商人は稼げるときに稼いでおくのさ」

「でも、金の牙の人たちは、みんなのために魔王を討伐しに行くんですよ？」

「勝算のない戦いに、ね」

ライネルたちのことが頭によぎる。徹底的に物資を押さえれば、彼らも諦めてくれるだろうか？

……いや、無理だ。多少妨害したところで、流通を完全に押さえるのは不可能。であれば、今はある程度の金を得ることがベストの選択なはずだ。

「でも、先輩が協力すればひょっとしたら神の奇跡が……」

なおもリリスは食い下がる。

「リリスは僧侶だから神の奇跡を信じているかもしれないけど、僕は商人だからね。奇跡は信じないし、お金しか信じない。大体、神の奇跡があるなら魔王をどうにかするべきだしね。で、今は僕の信じるお金が足りてないんだから、どうしようもない」

金の牙と同行するのは、ブルーリングを含めた五つのSランクパーティーだ。

恐らく、金の牙に今回の魔王討伐を持ちかけたのは、彼らと懇意にしている冒険者ギルドの上層部だろう。

その冒険者ギルドに圧力をかけているのは、各国の王たちだ。

各国に侵略を始めている四天王たちの動きを止めるために、冒険者たちを魔王領に侵入させることで陽動を仕掛けて、あわよくば撤退させたいのだろう。

それなら冒険者を使って、四天王たちを各個撃破したほうがよっぽどマシだと思うが、その場合は倒す順番が問題になる。そういった政治的なせめぎ合いの結果、魔王領への侵入という、どの国にもメリットがありそうな選択肢が取られた。

魔王領に残っているのが他の四天王、例えば獣王であれば倒せる可能性もあるが、魔人ベッケルとなると厳しい。配下の魔人兵たちも強力だ。たとえベッケルが倒せても、最後に控えているのは魔王。どうやって倒すというのだろうか？

もちろん、報酬はふんだんに用意され、冒険者たちに提供されるだろう。だが、その報酬は冒険者を惑わす金だ。

「これだけ金をくれるのであれば」「この金で強い装備が買えるのであれば」といった欲が彼らの判断を狂わせる。

そして、今度は金に釣られて集まった冒険者たちを見て、「これだけの数の冒険者が集まれば魔王を倒せるのでは？」という希望を抱いた冒険者が集まってくる。

ライネルたちもまた、そういった希望を抱いた冒険者パーティーのひとつだ。

「僕はブルーリングを追放された身だから、今さらあいつらがどうなろうと知ったことじゃない」

自分の眉間に皺が寄るのを感じながら、リオたちに言った。

「利用できるものは利用させてもらう」

彼女たちは僕の顔をじっと見つめていた。

第3話　魔王討伐チーム

ガーネットのメンバーたちは、トラオの指示通り動いた。リリスとドリオは金の牙の動きを探り、魔王討伐チームの移動ルートと日程を掴んだ。ミニクは物資の買い占めを行い、価格を釣り上げた後で売却することに成功。多額の金を得ることができた。

そして、魔王討伐チームが遂に遠征を開始した。

トラオを加えたガーネットは、魔王討伐チームに気付かれないように、かなりの間隔――徒歩にして一時間程度の距離――を空けて、後ろに付いて行動を始めていた。

現在は魔王領の荒野を歩いている。

ただ、Sランクで構成されている魔王討伐チームとは違い、ガーネットはAランクパーティーだ。基礎体力がそこまで高くなく、過酷な行程で疲労困憊の状態である。おまけにトラオの持ち前のケチな性分が表に出て、疲労回復のポーションの使用を渋った。

「……疲れました、先輩」

中でも体力がなく、魔法使いで頭脳派のドミニクは限界に達しつつあった。目深に被ったフードから見える彼女の顔色は青白い。

「大丈夫だよ、疲れはタダで取れるからさ」

それに対して、トラオはまったく噛み合わない返答をした。

ガーネットのメンバーは、冒険者として必要な知識をトラオに教えてもらい、装備や金銭を援助してもらったこともあり、彼を先輩と仰いでいたが、一緒に旅をするのは初めてだった。

そして、今彼女たち三人は同じことを考えていた。

（この人は、追放されても仕方なかったのではないだろうか？）

自分たちガーネットがトラオの先行投資の対象だった頃は、気前よく金を使ってもらえたのだが、仲間というか身内になった途端、彼の商人としての顔が色濃く出るようになってきたのだ。

例えば宿屋であれば、最も安い宿を選び、しかもさらに安く済むという理由で4人まとめて泊まれる大部屋に宿泊した。

リオたちは冒険者で、過酷な依頼をいくつもやり遂げてきた身ではあるが、年頃の女の子であることには違いない。だが、トラオはそんなことには、まったく頓着してくれないのだ。

もちろん、トラオがリオたちに手を出してくることなどないのだが、周囲の人間はそうは思ってくれない。

宿屋の主人などは、明らかにそういう好奇の目で自分たちを見ていた。しかし、トラオはそのことにはまったく気付かず、リオたちだけがひたすら恥ずかしい思いをした。

「お願いですから、先輩だけでも個室に泊まってください」

と頼んでも、

「何で？　お金がもったいないじゃん」

とすげなく断られた。

金の問題ではなく、気持ちの問題なのだが、トラオには人の気持ちを理解しようとする素振りが見られない。そもそも、うら若い女性を異性として一切意識しないことも、彼女たちの自尊心を傷つけた。

食事にしても同様で、トラオは食べ物を「何が食べたいか」で判断しない。料理を値段と量で厳密に計算し、最もコストパフォーマンスが高いものを選ぶのだ。自然とその食事は量だけが多くて、安っぽい物となる。

リオたちの食事に関して、トラオは「好きな物を食べていいよ」と言ってくれるのだが、一番目上であるトラオが貧相な食事をしているのに、自分たちだけがいい物を食べる訳にもいかず、自然と日々の食事のクオリティは下がっていった。

要するにトラオと旅をすればするほど、ガーネットのメンバーたちのメンタルは削られていくのだ。

おかげで当初はかなり高かったトラオへの信頼も、だいぶ目減りした状態になっている。

ただ、野営が多くなると、今度はトラオのよさが発揮されることになった。

とにかく準備がいい。テントや毛布などといった実用品には惜しみなく金を使い、いいものを用意している。飲み物や食料も、アイテム袋の中にたっぷり用意されていた。

そのアイテム袋は高価なだけあって、飲食物の保存状態がよく、街中で食べる物よりもよっぽどいい食事を取ることができた。

夜は高価な魔物除けの香を焚いてくれるので、安心して眠れた。

「何かよくわからない人だね、先輩は」

トラオがさっさと寝た後、リオたちは小声でひそひそと話し合った。

――

魔王領の荒野を歩くこと三日目、遥か彼方の魔王討伐チームがいると思われる場所が灰色の霧に包まれた。

それから少し遅れて、鈍く大きな音が響いてきた。

「始まったか」

トラオが呟いた。

ついに魔王討伐チームが、魔王軍と遭遇したのだ。

「よし、戦闘が終わるまで、ここで留まろう。周囲に魔物がいないか索敵を怠らないようにね」

トラオはガーネットのメンバーに指示を出した。

「あの、サポートに行かないんですか？」

その指示を意外に思ったリオが質問した。

「サポート？　何で？」

「いえ、討伐チームに付いてきたのは、いざというときにサポートするためだと思っていたので」

トラオは討伐チームに付いてきた理由を、リオたちにちゃんと説明していなかった。

「彼らはSランクパーティーの混成チーム。君たちはAランクになりたて。邪魔になるだけだよ。それに恐らく相手は、魔人ベッケルとその直属の魔人兵たち。魔王の親衛隊みたいな連中だ。会った瞬間に殺されるよ？」

「あの……それでは私たちは、何のために付いてきたんですか？」

それを聞いたリリスは、少し不安げな表情を浮かべている。

「何のため、って言われても、僕は商人だからね。お金のためだよ。もちろん、最終目標は魔王を倒すことだけど、今回はそうじゃない」

「お金のため……ですか？　それはその……討伐チームの物資が尽きた時に、先輩が持っている物資を高く売りつけるとか、そういうことをして儲けようと？」

ドミニクが自分の推測を述べたが、その内容には自分でもあまり納得していないようだ。

「まあ、彼らが上手くいけばそういうこともあるかもしれないけど、多分そうはならないと思う」

「？」

結局、トラオは自分の考えを明確には言わなかった。

トラオは情報も商品の一種と考えている節があり、自分の思考を簡単には人に明かさない癖があった。

――


数時間が経った。

この間、ガーネットのメンバーは何とも言えない悶々とした時を過ごしていた。

「もう少し距離を詰めて、戦闘の様子を伺うべきでは？」

そうリオが進言しても、

「そのリスクって何のために取るの？　命を賭けることになると思うけど、そのリターンはあるの？」

と顔をしかめたトラオに聞かれ、何も言えなくなってしまった。

確かにトラオの言うことは正しい。正しいのだが、「そういうことじゃないだろう！」という思いもガーネットのメンバーたちにはあり、重苦しい雰囲気がパーティーの間に流れたのだが、トラオは平然としていた。

そうして、とうとう彼方から見える光も聞こえる音もなくなった。

「じゃあそろそろ行こうか。周囲には最大限気を付けてね」

トラオが重たい腰を上げる。ガーネットのメンバーたちも逸る気持ちを抑えて、慎重に歩き始めた。

「大丈夫ですよね？　討伐チームは勝ちましたよね？」

リリスが誰に向かって言うでもなく呟いた。だが、その表情は不安でいっぱいだった。

魔王討伐チームは、人間が誇る最強のSランクの冒険者たちで構成されている。決して負けるはずがない、と信じたいのだが、不安要素がひとつあった。

ここにいるトラオが参加しなかったことだ。

トラオはできることとできないことを冷静に見極める。そのことは長い付き合いでよくわかっていた。であれば、討伐チームが敗北した可能性もあり得るのだ。

（神様、お願いします、どうかあの人たちが無事でありますように）

そう祈りながら、リリスは歩みを進めた。

先ほどの彼女の呟きには、誰一人答えなかった。

第4話　価値のあるモノ

トラオたちがその場についたとき、あたり一帯は冒険者と魔人兵の死体が散乱する地獄のような光景になっていた。

誰一人動く者がいない惨状の中で、リオたちはSランクパーティーの全滅という事実に、ただ茫然と立ち尽くしていた。

しかし、トラオは一切動じることもなく、そのまま進んでいった。

そして、近くで倒れていた冒険者の武器をひょいと拾い上げると、躊躇なくアイテム袋の中へ入れた。

「「「えっ？」」」

三人の声が重なった。

「何しているの、君たち？　早く価値がありそうな武器や防具を拾ってよ。ここは長くいればいるほど、危険なんだからね？」

平然とトラオが三人に告げた。

トラオの目的は、全滅するであろう魔王討伐チームの遺した武器や装備を回収することにあった。

Sランクの冒険者の武器や防具は、それひとつで一財産である。平民どころか下級貴族の全財産に匹敵する。すべてを回収することができれば、莫大な富になるのは明白だった。

だが、それをわざわざ魔王領までやってきて、彼らが全滅することを前提に行う人間がいるかというと、それはまた別の話である。

「あの、先輩？　人の心ってあるんですか？」

あまりの行為に、ドミニクが問いかけた。

「僕は人間だよ？」

トラオがキョトンとした表情を浮かべる。

（それは人間じゃない奴が、口にするセリフでは？）

ガーネットの三人は、心の中で同じことを考えた。

「あと、魔人兵が持っている武器と防具も使えそうなら回収してね。なかなかいい物を使っているみたいだから」

トラオは敵であった魔人兵の槍や剣や弓も回収していく。損傷が少なければ防具も剥ぎ取った。

金になりそうなものは片っ端から集めていく。そこに何の良心の呵責も感じなかった。

確かに金は大事だろう。しかし、それよりも人として大切なものがあるのではないだろうか？

目の前で倒れている冒険者たちも魔人兵たちも、死力を尽くして戦った戦士たちである。

その死体から装備品を奪う行為など悪魔でも多分やらない、と三人は思った。

「そんなことをするために、こんなところまで？」

リリスは黙々と装備を拾い集めるトラオの姿に怒りを覚えている。

ドミニクも金儲けという意味では合理性を認めたものの、さすがにそれに加担することには躊躇していた。

しかし、リオは一度目をきつく閉じた後、

「……私たちも言われた通りやるぞ」

と言って動き始めた。他の二人も渋々といった感じで、それに倣う。

トラオに汚れ仕事を任された経験もあってか、三人とも動き始めると躊躇いもなく淡々と武器・防具の回収を行った。

そんな中で、トラオが突然動きを止めた。

巨大な魔人の死体の近くだった。腕は四本あったようだが、二本は切断され、首も斬り落とされている。すぐそばに落ちていたその首には、眼が四つあった。その容貌から察するに、魔人ベッケルだろう。

近くには胸を穿(うが)たれたライネルと、金の牙のリーダーである金髪褐色の戦士ガノンが死んでいた。

恐らくこの二人が倒したのだろう。

「そっか、ベッケルを倒したんだ」

そう言いながら、トラオはライネルの剣を拾って、アイテム袋に入れた。

「……それなら魔王を早く倒せそうだよ」

さらにトラオはライネルの手に嵌(は)まっていた指輪も取った。

「そんな！　装飾品まで取るんですか⁉」

リリスが悲鳴のような声を上げた。柔和な顔つきが歪み、大きな目が潤んでいる。

「死体が持っていても意味がないからね」

「いくら追放された相手とはいえ、そこまでしなくても……」

リリスはさすがにやり過ぎだと感じていた。

「関係ないよ。もう仲間でも何でもないんだから」

トラオは眉間に皺を寄せた。

リリスはそんなトラオの顔を悲しげに見た後、黙ってアイテムの回収を再開した。

トラオはベッケルが使っていた武器と思われる四本の大剣を回収し、ガノンが使っていた戦斧も拾い上げた。

それから、トラオは寄り添うように倒れていたシエルとルイーズを見つけると、容赦なく装備品と装飾品を奪った。彼女たちの死因は矢によるものだった。

トラオはルイーズの黒いローブが消失しているのを確認すると、

「そっか、ルイーズはあの呪文を使っちゃったんだ」

とポツリと言った。それは黒いローブが失われたことを残念に思っているようだった。

あらかた武器と装備を集め終わった後、リオが躊躇いながら聞いた。

「死体はこのままにしておくんですか？」

「ここは敵地だからね。どうしようもないよ。冒険者の最期はこんなものさ」

トラオは顔をしかめて言った。

トラオの言う通り、いつ魔王軍がやってくるかわからない。死体を埋葬している時間などこにもなかった。

リオたちはやりきれない表情を浮かべたが、トラオはすぐにその場を離れ、彼女たちもそれに続いた。

――

一方、魔王軍は、残る三人の四天王が率いていた軍勢の侵攻を停止させた。

魔王が指揮官である四天王を本国に招集したせいだ。

これにより、各国が魔王討伐チームに期待していた『魔王軍の侵攻の阻止』は達成され、多くの国が滅亡の危機から逃れることができた。

冒険者たちの命を犠牲にすることによって、だが。

魔王討伐チームの強襲により、魔王バストゥーザは腹心のベッケルを失っている。

これはバストゥーザにとって、人間側が想像している以上の痛手だった。

魔王軍の四天王と言えば聞こえはいいが、実際は魔物の中の四大派閥の首領たちのことを指している。

魔人ベッケルは、同じく魔人族出身であるバストゥーザの直属の部下であり、魔人派閥のナンバー2であった。

バストゥーザが四天王の三人に侵略を命じていたのは、世界征服という目的も当然あるが、その際に他派閥の勢力を削っておきたいという思惑もあった。

そして自派閥である魔人族には本国を守らせて勢力を温存し、世界征服後も安定した支配を目論んでいたのだ。

ところがこれが裏目に出た。

四天王率いる魔王軍の攻勢は、人間側に抗う手立てを失わせ、『直接魔王の命を狙う』という手段を招くこととなった。

その結果、人間側の最精鋭である魔王討伐チームが結成されることになり、魔王領へ侵入してきたのだ。

ベッケル率いる魔人兵団がこれを迎え撃ったが、双方相打つ形で全滅。魔王直系の魔人派閥の勢力が大幅に弱体化してしまった。

（これはまずい）

バストゥーザはそう考えた。他の四天王をこのまま侵攻させた場合、侵攻先に拠点を作り、独立勢力となる危険性が出てきたのだ。

何しろ今のバストゥーザの手元には直接動かせる戦力がないため、抑えが効かない。

もちろん、バストゥーザは魔物としては最強であるが、すべてを自分の手で成せるほどの超越者ではないのだ。

それだけではない。

魔王討伐チームと魔人兵団の装備品が、戦場から失われていたのだ。それもごく短時間の間に。

死者から装備品を奪うなどという非人道的なことは、恐らく人間はしないだろう。

人間は基本的に情に厚く、死者を尊ぶ。魔王領を守る魔人たちも、死んだ仲間たちの武器に手を付けるような卑劣な真似はしない。

となれば、奪ったのは四天王のうちの誰かの手の者である可能性が高い。

奴等（やつら）にしてみれば、魔王討伐チームも魔人兵団も敬うべき何かではないのだ。死者から装備品を奪うことに何の躊躇もいらない。

魔王討伐チームと魔人兵団が持っていた装備品は強力なものである。

その装備品を手に入れれば、自派閥の戦力の大幅な向上が狙える。その狙いの先にあるのは当然魔王の座であろう。

（反乱を起こすつもりか？）

ベッケルがいなくなった今、バストゥーザ直属の配下に四天王と張り合えるだけの強さを持つ者はいない。四天王の一人一人が相手ならバストゥーザは難なく勝てるが、まとまって反乱を起こされれば、さしもの魔王とて危うい（あや）のだ。

要するにバストゥーザは人間という外敵よりも、四天王という内なる敵のほうを脅威（きょうい）と見做し、相互監視させるために呼び戻したのであった。

まさか装備品を奪っていった犯人が、人間の商人とは知らずに。

第5話　トラオの商売

手慣れた泥棒のように装備品を回収し終えたトラオたちは、速(すみ)やかに魔王領から撤収した。

「これで軍資金ができた」

トラオは満足げな表情を浮かべている。容量の大きな高性能のアイテム袋のおかげで、大量の武器や防具を集めることができたのだ。

一方、ガーネットの三人は肉体的にも精神的にも疲れ果てた顔をしていた。

「先輩、その……その装備品を売ったお金があれば、魔王を倒せるのですか？」

自分たちが行った悪行にせめてもの正当性を求めて、リオは尋ねた。

「いや、これはあくまで元手だよ。これで得たお金を使って商売を始めて、もっとお金を集めていく。むしろ、これはスタートだよ？」

死体から巻き上げた武器や防具を元手に、一体どんな商売を始めるのだろうか？

ガーネットの三人は嫌な予感しかしなかった。

「あの、商売とはどういったものになるんでしょうか？」

フードの中の表情に怯えを滲ませながら、ドミニクが尋ねた。

「どういう……って、そりゃ商売だからね。ものを作って売る、それだけだよ」

その〝もの〟が何であるのかが重要なのだが、怖くてそれ以上踏み込めない。

まさか、トラオがパンを作って売り始めるとは思えなかった。


――


アジトである一軒家に戻ったトラオたちは、ようやく一息つくことができた。

リオたちは疲れ切って、各々のベッドに倒れ込んだ。

トラオだけが活き活きとして、持ち帰った武器や防具などの仕分けを始めている。

そうして一昼夜が経ち、ガーネットの面々の疲れも癒え、ベッドから抜け出してきたのを見計らって、トラオが宣言した。

「じゃあ、お金もできたし、商売を始めようか？」

トラオはろくに休憩も取らずにあちこち出かけて、すぐに売れる物は売って、金を用意してきたらしい。

「あの……一体何をするのでしょうか？」

リリスが顔を引き攣らせて聞いた。

「ああ、このポーションを作って売るんだよ」

トラオが取り出したのは、瓶に入った紫の液体ポーションだった。

「そのポーションは……」

ドミニクにはそのポーションに見覚えがあった。

魔術師であり、調合にも長けたドミニクは、様々なアイテムの作成をトラオから頼まれることが多かったのだ。

「そう、以前ドミニクに調合してもらったポーション。精神を高揚させることで、様々な状態異常を防ぐ効果を狙ったものだ。上手くできたら流通させて、儲けようと思っていたんだけどどね。ちょっとした副作用があって」

「確か精神を高揚させ過ぎてしまうことと、依存性がかなり高くて、あまりいいものではなかったかと記憶していたんですが……」

おずおずとドミニクが述べた。

「うん、依存性が高いということは、それだけ顧客が増えるということだから、悪いことではないんだけど、ちょっと問題になる恐れがあったし、精神を高揚させ過ぎちゃうのも考えものだったからね」

（その依存性の高さは、何で実験したんだろう？）

リオとリリスは心の中でそう考えたが、聞きたくなかったので聞かなかった。

「まさかそのポーションを生産して売るんですか？　あの先輩、さすがにそれでお金儲けするのはいろいろな問題があると思うのですが。主に人道的な面で」

さすがに止めなければならないと思ったのか、いつもは控えめなドミニクがはっきり反対意見を述べた。

「いや、人相手には売らないよ？　これを魔物に売りつける」

「「「はい？」」」

三人が声を揃えた。トラオが何を言っているのか理解できなかった。

「ポーションの純度を高めて、魔物相手にちょうどいい調合に変えて、人にとっては毒となるようにすれば問題ない。とりあえず、タダで魔物たちにばら撒いて依存させた後に、お金を取ることにしようと思う」

「あの、お金を持っていない魔物から、どうやってお金を取るんですか？」

リオが聞いた。

「何、お金が必要となれば、占領した領地から勝手にかき集めてくれるよ。今まで魔物たちはお金にまったく関心を示さなかった分、占領地にはたくさんのお金が残っているはずだ。高価な美術品やアイテムと交換でもいいしね」

「それではお金を目当てにして、魔物が人を殺すようになるのでは？」

すぐにリリスが懸念を述べた。自分たちが作ったポーションが原因で人が魔物に襲われるようになったら、たまったものではない。

「ポーションがあろうとなかろうと、魔物は何もしなくても人を殺すよ。でもお金の価値を魔物が知ったらどうなる？　お金を払った人間は生かすようになるかもしれない。お金さえ払えば、人が助かる可能性が出てくるんだ。それにお金という目的ができた場合、魔物たちの侵攻速度は確実に下がる。今まで彼らはお金なんて無視してすごい速度で侵略していたけど、そこに略奪という行為が加われば、かなり時間が稼げるはずだ。この商売は人類全体にとって有用なんだよ？」

「そっ、そうなのか……な？」

リオたちは質の悪い詐欺師と話している気分になったが、確かに言っていることに間違いはない。

「そうだよ。そういう訳で君たちには動いてもらうよ？　リオには材料採取を任せる。可能であれば、栽培もしたい。ドミニクには調合と精製、リリスは商品としての梱包と出荷作業だ。お金はいくらかけてもいいから、人手を集めてくれ。ただし、工場は分散して建てること。魔物に襲撃されたときのリスクを減らしたい。あと関わる人員には、前後の工程がわからないように気を付けてくれ。自分たちが何に関わっているか知られたくない。できれば、工程ごとに工場を分けたほうがいいかな」

どう考えても、犯罪のにおいが漂うヤバい組織を作ろうとしているようにしか思えなかった。しかし、リオたちはその指示に従った。

トラオは嘘は言わない。彼が金を集めて、魔王を倒そうとしているのは本当のことなのだ。……少々方法に問題はあるが。

リオは冒険者を集めると、主原料となるブラック・ロータスをかき集めた。と同時に人為的に栽培できないか、いくつかの村に依頼した。

魔王軍の侵攻で経済が停滞していたため、金払いのいいリオの提案は依頼先の村々には喜ばれた。高価なアイテムの素材作りと言えば、特に怪しまれることもなかった。

ドミニクは薬師(くすし)の確保と工場の建築に奔走(ほんそう)した。工程ごとに工場を別の場所に建てたので、薬師たちは自分たちが何を作っているのか、知ることは難しかった。

リリスは梱包と出荷だが、流通ルートを簡単に把握されないために、複数のルートを設定し、製造場所と出荷先が簡単に繋がらないようにした。

――

トラオたちがポーションの量産を始めるのには数か月の準備期間を要したが、この間、魔王軍は疑心暗鬼に陥った魔王バストゥーザのせいで、侵攻を止めたままだった。

また、バストゥーザと部下たちの仲介役をしていたベッケルが死んだことで、他の四天王の三人はバストゥーザへの不満を募らせていた。

彼らはベッケルのことを「魔王の威光を笠に着て命令してくる、いけ好かない奴」と思っていたのだが、ベッケルが死に、バストゥーザと直接やり取りするようになると、いかにベッケルが上手く仲介してくれていたかがわかった。

魔王バストゥーザは確かに強力な魔人ではあるが、同時に暴君であり、しばしば理不尽な命令をしてくるのだ。

「ベッケルっていい奴だったんだな」

というのが、残った四天王たちの共通認識であり、

「あいつ、何とかならないのかな？」

とバストゥーザのことを思っていた。

ただ、魔王は力と恐怖で魔物たちを支配する最強の存在であり、とても逆らうことはできない。

彼らは証拠もなしに反逆を疑われ、自らの軍勢と切り離されたまま、魔王領に留められていた。

第6話　売人

「ソアラを返してくれ!」

アビスは懇願した。薄暗い部屋の中、彼の目の前には、黒い覆面を被った怪しい二人組が立っている。

その二人の後ろには、気を失ったソアラが倒れていた。

ソアラは人間の女性であり、アビスは銀色の髪と緑色の肌をした魔人の男だった。

「いえね、本当はこんなことはしたくないんですよ。私としては魔人と人間の禁じられた恋、大いに結構だと思っております。ただね、これを人間側や魔王軍に知られたらどうなるかなーと、他人事ながら心配になりましてね。何かお手伝いできることがないかと思った次第なんです」

流暢に喋っているのは、中背でやや恰幅のいい黒覆面だった。声からすると男であろう。

魔人のアビスと人間のソアラは、魔王軍が占領した人間の国で偶然出会って親しくなり、人知れず種族を越えた愛を育んでいた。

ところがそんな二人が密会していたところに、突然この二人組が現れ、ソアラをさらっていったのだ。そして、アビスはこの部屋へと誘導された。

「それなら何でソアラを攫（さら）ったんだ⁉」

アビスが激高した。当然である。お手伝いしようと思って、誘拐を仕掛けてくるような相手を信用できる訳がない。

しかし、彼はすでに黒覆面たちに戦いを挑んだ後で、力ではどうにもならないことを思い知らされていた。先ほどから無言を貫いている細身の黒覆面に、完膚なきまでに叩きのめされたのだ。

「まあまあ、落ち着いてください」

恰幅のいい黒覆面が、穏やかな声でゆっくり喋った。ただ、この状況で落ち着ける者など、そうはいないだろう。

「ひとつだけ、ひとつだけ我々（われわれ）のお願いを聞いて頂ければ、ソアラさんはちゃんと解放しますし、無事は約束します。それにお願いを聞いて頂いた後は、二人とも安全な場所にお連れしますよ？　魔物も人も滅多に来ない場所です。悪い話じゃないでしょう？」

「お願いだと？　お前は人間だろう？　私に一体何をさせるつもりだ？」

「いえね、私は常日頃から、魔王軍の皆様といい関係を築きたいと思っていたんですよ。そこで、ちょっとうちの商品を、アビスさんのお知り合いの方々にご紹介と言いますか、使ってみて頂きたいんです。もちろん、最初は無料で提供させて頂きます。気に入って頂けましたら、次からはお代を頂くということで」

そう言って黒覆面が取り出したのは、瓶に入った紫色のポーションだった。

「何だ、それは？　まさか毒か⁉」

当然のように、アビスは警戒している。

「毒ではございません。日々の疲れを癒やす栄養剤のようなものです。精神を高揚させ、疲労を取る効果があります。ちゃんと魔王軍の皆様に合わせてお作りしましたので、効果のほうは保証いたします」

「……それを私の仲間に飲ませろというのか？」

「左様でございます。大丈夫です、身体に害は一切ございません。きっと気に入って頂けると思います」

アビスは黒覆面の男の言うことなど、まったく信じていない。

「我々を相手に商売をしようとしても、金など持っていないぞ！」

抗うようにアビスは言った。

「お金など、占領した地にいくらでも残っているではありませんか。それを集めて持ってきて頂ければいいんですよ。価値があれば美術品やアイテム、武器、防具、何でも構いません」

要は金になれば何でもいいということだった。

「下衆が！　我々が占領した地から金品を巻き上げようというのか!?」

侮蔑を込めた目でアビスは黒覆面の男を睨みつけた。人間が同じ種族である人間の財産を奪おうというのだ。それはアビスにとっても卑劣な行為といえた。

「魔王軍の皆さんには価値のないものですが、わたくしどもには価値のあるものです。きっと双方に利益のある取引になると思います」

黒覆面はアビスの挑発をまったく意に介さない。

アビスは黒覆面をしばらく睨みつけた後、肩を落とした。

「……わかった。だが、本当だろうな？　約束を守ればソアラを解放するというのは？」

「もちろんでございます。商売は信頼関係が一番大事ですから」

（誘拐からの暴行、脅迫という流れのどこから信頼関係が生まれるんだろう？）

と細身の黒覆面は思った。

無論、恰幅のいい黒覆面はトラオ、細身の黒覆面はリオであった。

彼らは紫色のポーションの販促活動のために、魔王軍の占領地に潜り込んでいたのだ。

――

大量のポーションが入った簡易的なアイテム袋を渡されたアビスは、少しだけ悩んだ後、魔王軍が駐屯している城に向かった。

そこまで親しくはないが、だからといって贈り物をしてもおかしくない程度の仲間にポーションを渡すことにしたのだ。

「このポーション、使ってみろよ」

アビスはポーションを同僚の一人に渡した。その同僚は単純な性格で、同族ではなく狼の獣人だった。だからこそポーションを渡す相手として選んだのだが。

「何だ、これ？」

狼の獣人は怪訝な顔をして、受け取ったポーションを眺めている。

「精神を高揚させて疲労を癒やす効果を持つポーションだ。なかなかいいぞ？」

「お前は使ったのか？」

「ああ、使ってみた。いい気分になれる」

これは嘘だった。さすがに自分で試す気にはならなかったので、アビスはこの狼の獣人で試そうとしているのだ。

「そうか」

同僚は特に疑ったふうもなく、瓶を開けてポーションを一気に飲んだ。

アビスは緊張した面持ちで、その様子を見ている。

同僚はしばらく黙っていたが、だんだん眼の輝きが増してきた。

「いいな、これ！　何だか、身体中から力が湧いてくるようだ！　今すぐ走り出したい気分だぜ！」

狼の獣人は両手の拳を握りしめて、みなぎる力を実感している。

明らかにテンションはおかしいが、とりあえず死なないことがわかり、アビスは胸をなで下ろした。

その様子を見て、他の同僚たちが集まってきた。魔人や獣人など種族は様々である。

「何してんだ、お前ら？」

「いや、アビスがくれたポーションがよくてよ、最高なんだ！　なんかもう滅茶苦茶調子がよくなるぜ！」

狼の獣人は恍惚（こうこつ）とした表情で答えた。

「ポーション？　そんなにいいのか？」

その様子を見て、他の同僚たちも興味を覚えたようだ。

「いいね、こいつは気分が上がる！」

アビスからすると、どう考えても彼の気分は上がり過ぎだが、他の同僚たちはいい方向に捉えたようだ。

「ほう。アビス、そのポーションはまだあるのか？」

「あるぞ」

これ幸いとアビスはアイテム袋からポーションを取り出すと、他の同僚にも渡していった。

渡した同僚たちはポーションを使用すると、その効果を絶賛し、紫色のポーションは評判となっていった。

次の日、新たなポーションを同僚たちから要求されたアビスは言った。

「これは人間に作らせているポーションで、作るには金が必要だ。だから、新しいポーションが欲しいなら、金を持ってきてくれ」

同僚たちはこぞって金を集め、ポーションを求めるようになった。

占領地の家屋を荒らして金を探し、人間を見つければ金をせびり、人間にとって価値のありそうな品を手当たり次第持ってくるようになった。

ちなみにポーションの売人になったのはアビスだけではない。他にも弱みを握られて売人になった魔物は何人もいて、魔王軍の占領地では紫のポーションが急速に広まっていった。

ポーションが広まった後は、売人の成り手がいくらでもいる状態となったので、アビスの恋人だったソアラは解放され、二人には人目のつかない居住地が提供された。

リオは口封じで二人を殺すのではないかと心配していたが、トラオは約束を守ったのだった。

第7話　魔物たちの金稼ぎ

「ひぃぃぃっ！」

魔物から街を守るために戦っていたその兵士は、絶体絶命だった。

相手はキマイラ。ライオンの頭と山羊（やぎ）の胴体、蛇の尻尾を持つ強力な魔物だ。しかも、単純に強いだけでなく、知能も高い。兵士のやろうとしていることなどお見通しで、いつでも殺せるのに弄（もてあそ）ぶように追い詰められた。

（死んだ。もう駄目だ）

彼が死を覚悟したそのとき、キマイラが喋った。

「カネヲダセ」

「えっ？」

兵士は一瞬何を言われたのか理解できなかった。

「カネヲダセ」

「……もしかして、金が欲しいのか？」

そもそも魔物が人の言葉を喋るとは思っていなかったのだが、その発言内容も意外だった。

「ソウダ、ヨコセ。カネヲクレタラ、ミノガシテヤル」

兵士は慌てて懐（ふところ）を探り、巾着袋から硬貨を何枚か取り出すと、それを地面に投げた。

「金はこれで全部だ！　これで勘弁してくれ！」

いっそ持ち金を全部出してもよかったのだが、兵士は少し欲が出た。魔物だから、これでも誤魔化せると思ったのだ。

キマイラは地面に落ちた硬貨をじっと見た後、兵士に言った。

「トベ」

「えっ？」

「ジャンプシロ」

「ジャ、ジャンプ？」

言われるがままに兵士はジャンプした。

すると巾着袋の中の硬貨が互いに当たって音が鳴った。

「マダモッテルジャネェカ、コノヤロウ！」

「ひぃっ、すっ、すいません！」

兵士は慌てて巾着袋を取り出して、中身を地面にばら撒いた。

キマイラは撒かれた硬貨を見て、呟いた。


「リンカイブンハアルナ……」

「えっ？」

兵士にはキマイラの呟きの意味がわからなかった。

「イッテイイゾ」

キマイラは兵士に興味を失ったようで、前足で器用に硬貨を集め始めた。

兵士はキマイラの気が変わらないうちにと、全速力でその場を走り去った。


――

魔物に金を払えば命が助かるという話は、各地で聞かれるようになった。

もちろん、金を払った上で殺されるということもあったが、全体的としては少数で、金を払えば大抵の場合は命が助かった。

このことを知った各国は、攻めてきた魔王軍に対して、金貨や銀貨をばら撒いて時間を稼いで退却するという作戦を試みた。

この作戦は効果的で、魔物たちはばら撒かれた硬貨に殺到し、人間に攻撃する気を失ったのだ。時には、金を拾って満足した魔物たちがそのまま退却することもあった。

金を拾っている間に攻勢に転じるという作戦を取る国もあったが、これは激怒した魔物たちの猛反撃にあい、失敗に終わった。怒り狂った魔物たちのテンションは異常なものがあり、自らが傷つくのも顧(かえり)みずに襲いかかってくるので、まったく割に合わない作戦だったのだ。

しかし、金があれば魔物を防げるということは各国の共通認識となり、前線にはせっせと金銀財宝が運ばれ、魔物が攻めてくる度にばら撒かれた。

兵士たちには金貨一枚が支給され、いざというときはそれで命を助けてもらうように指導された。

金貨一枚あれば大抵の魔物は納得して見逃してくれたのだ。

――

魔王軍の占領地でも変わった動きがあった。

「今月の分を徴収しにきたぞ」

とある村の村長のところへやってきたのは、一人の魔人だった。

「これはこれは、ようこそいらっしゃいました」

村長は笑顔でこれに応対した。作った笑顔ではない。本当に歓迎しているのだ。

この村では魔人が来てからというもの、毎月一定額の金を要求されるようになった。

しかし、その額というのが、この村を治めていた領主が徴収していた税よりも安い金額だったのだ。

領主は税金を毟り取るだけで何もしなかったのだが、この魔人はしっかり他の魔物たちから村を守ってくれる。魔人としても毎月一定額の収入が見込めるこの村は貴重な存在であり、村が継続的に収入を得ることができるよう大切にしていた。

「これが今月の分です」

村長が金の入った袋を渡した。魔人はそれを確認すると、

「何か困ったことはないか？」

と尋ねた。

「最近、狼が北の山の近くに出没するようになりまして……」

村長が最近の村の悩みを話すと、

「わかった。俺が退治しておこう」

と言って、魔人はすぐに北の山へと向かった。

その働きには村人たちも大満足である。どっかの国に属するよりも、この魔人の庇護下にいたほうがずっとマシだと思うようになっていた。

魔物が金のために人を庇護するという動きは各所で見られるようになっており、魔王軍の占領地でも人が生きていけるようになっていたのだった。


——

一方、魔王軍は司令官である四天王たちが本国に留められたままの状態が続き、厭戦気分が広がっていた。

　さらに魔王軍内では紫色のポーションが大流行し、魔物たちはポーションを買うための金を集めることに余念がない。

　当初は人間を殺して金を奪っていたのだが、殺し過ぎると金を持ってくる人間がいなくなることに気付き、金を払った人間の命は助けるという共通認識が広がった。

　何しろ、金を持っているのも造れるのも人間だけなのである。魔物には硬貨の鋳造技術などない。それを考えれば、人間を皆殺しになどできなかった。

　そもそも魔物はそこまで人間が嫌いな訳ではない。好きか嫌いかと言われれば嫌いだが、わざわざ殺しに攻めに行くほどではなかった。ほとんどの魔物は上に命令されて、何となく人間たちを攻撃しているに過ぎない。

　魔王軍内でも心ある者は紫色のポーションを危険視し、摘発に乗り出す者たちもいた。

　だが、ポーションを製造している工場は世界各地に分散しており、関連工場をひとつふたつ潰したところで、まるで意味がなかった。わかったことといえば、国を跨いだ大規模な闇の組織が存在しているということだけだった。

　魔王軍の攻勢は、紫色のポーションによって完全に停滞していた。


――

「順調だね」

トラオは大量に生産されるポーションを眺めながら言った。

「そうですね」

リオは複雑な思いでそう答えた。

確かに商売は順調だ。魔物たちは金を集めるようになり、人間も金を払うことで命が助かったという話もよく聞く。何よりも魔王軍の進軍が目に見えて遅くなった。確かに順調なのだが、いいことをしているという気分には、まったくなれなかった。

世界中の国が戦いを避けるために金をかき集めて前線でばら撒き、それを魔物たちが回収し、トラオが紫色のポーションと引き換えにその金を手に入れている。

今現在、魔王という名がふさわしいのは、トラオではなかろうかとリオは考えていた。

工場は常にフル稼働状態だ。金もすごい勢いで集まっている。もはや国が買えそうな額だ。

トラオは売人たちとの仲介役に口の堅い冒険者を何人も雇い入れ、生産から販売までのシステムを確立していた。

リオたちも自分の代わりとなる現場責任者を雇い、今は自由の利く身となった。

「そろそろ、魔王を倒す準備をしようか」

トラオがポツリと言った。

「本当ですか、先輩！」

リオが目を見開いて驚いた。ひょっとしてトラオは、世界中の富を独占するまで商売をやめないのではないか、と危惧していたのだ。

「うん、お金もだいぶ集まったしね。これだけあれば足りると思う」

（そりゃこれだけお金があれば何でも買えるわよ）

そうリオは思ったが、口には出さなかった。念願の魔王討伐に向けて動き出すのだ。これに勝る喜びはない。

「それにはガーネットのメンバーで何か所か冒険に出る必要がある。その準備で揃えてほしいものがあるんだ。お金はいくら使っても構わない。お金で手に入らなければ、方法は問わないから、どんな手段を使っても手に入れてくれ」

リオは黙って頷いた。

第8話　伝説の剣

トラオたちが向かった先は、東にある島国『ヤマト』だった。

独特な文化を持つ国で、冒険者の間ではカタナと呼ばれる片刃の剣の発祥の国として知られている。

また、クサナギという神が祀られていることでも有名だ。

「ヤマトに来たということは、クサナギ神のところへ行くということでしょうか？」

ガーネットのメンバーたちが船から降りたところで、リオがトラオに尋ねた。

ヤマトの風土はリオたちの国とは大きく異なり、何もかもが珍しい。家屋は木でできており、石造りの建物はほとんど見受けられない。湿り気が多い気候で、空気のにおいまで違うように感じられた。

道行く人は皆黒髪黒目で、顔の彫りは浅い。

「そうだよ。クサナギ神に用があって来たんだ」

（やはり）

ガーネットのメンバーたちは納得した。クサナギ神は有名な逸話を持つ神で、自分が認めた勇者に力を与えると言われている。

かの神の前には剣が刺さった岩が置かれており、刺さった剣は神話級の逸品で、破邪の力を持っているらしい。ただし、どんな勇者でもその剣を抜いたことがないという。

ある意味、魔王を倒すには必須の武器といえた。

ところがヤマトに着いたトラオは、すぐにクサナギ神のいる神殿には向かわず、まずはヤマト国の王の元へと向かった。

トラオはヤマト国と付き合いのある商人から紹介状を書いてもらい、山のような貢物を持ってきたのだ。

しかも、その大量の貢物をアイテム袋には入れず、わざわざ人を雇って運ばせることで、自分の気前のよさをヤマト国の人々にアピールした。

(何でこんなことをするんだろう?)

ガーネットのメンバーは不思議に思ったが、言われるがままにトラオに付いていった。

たどり着いたヤマト国の王の城は、やはり木造で神殿を思わせるようなものだった。

ヤマト国の王はトラオの貢物を喜び、下にも置かぬ扱いでトラオたちのことを出迎え、すぐに歓待の宴が開かれた。

リオたちは慣れぬ場に戸惑ったが、トラオは自然な感じで王と親しく言葉を交わす。

「ヤマト国の経済はどのような状態でしょうか？　今は魔王軍との戦時中なので、どこも厳しいものとは聞いておりますが……」

ヤマト国の王はがっしりとした体つきをした壮年の男で、白い衣に黄金の王冠を被り、勾玉(まがたま)の首飾りをしていたが、王にしては質素な佇(たたず)まいをしている。

宴に用意された食べ物も、どちらかというと素朴なものだった。

「うむ。魔王軍の影響もあるが、もともと我が国は交易品に乏(とぼ)しく、なかなか貿易で収益が上がらぬ。かといって、他に特産品や観光資源がある訳でなく課題が多い」

「しかし、王よ。ヤマト国にはクサナギ神という有名な神がいらっしゃるではありませんか。かの神をもっと盛大に祀り、武芸の神としてアピールすれば、他国からの来客が増えるのではありませんか？」

(何の話を始めているんだ？)

リオたちは訝(いぶか)しんだ。

「いや、クサナギ神は気難しいのだ。かの神は勇者しか好まぬ。故(ゆえ)に人を拒むような険しい山奥に社(やしろ)を構えておるのだ。これは冗談ではない。本当に誰もたどり着けぬのだ。よほどの冒険者でないと、立ち入ることはできず、立ち入れたとしても例の剣は抜けない、加護も滅多に与えないときている。あれでは観光資源にはならぬ」

王は困ったように厳しい表情を見せた。

「なるほど。わかりました、王よ。ここは我々にお任せ頂けませんか？　こう見えましても、我々はAランク以上の冒険者でもあります。私がクサナギ神に話をしますので、その社までの道程を整備し、社も見栄えのするものに建て替えてはいかがでしょうか？」

「何、それは本当か？」

一瞬、王は明るい表情を見せた後、すぐに考え込んだ。

「いや、我が国の国庫の状態では、そこまでの金は出せぬ。よくて半分程度しか……」

「わかりました。私が資金を半分用立てましょう」

トラオが胸に手を当てて請け負った。

「なんと！　いやしかし、それではお主に何の利益もないのではないか？」

「いえ、新たに建築した社の権益を半分ほど私に頂ければ、長期的に見れば回収可能だと考えております」

「なるほど……うむ……」

王は少し考えた後、

「わかった！　お主の提案をのもう！　感謝するぞ、トラオ！」

と答え、最後まで上機嫌でトラオと歓談した。

――

翌朝、トラオたちは、ヤマトの王とその臣下たちに見送られて旅立った。

クサナギ神の社までの地図や、道に関する情報、必要なアイテムなども用意された。至れり尽くせりである。

「旅の準備は万端だね」

歩き始めたトラオは機嫌よさそうに言った。タダで必要物資が手に入ったことが嬉しいのだろう。

ヤマト国の王に貢物はしたが、トラオにとってあれは先行投資のようなものなので、そういった支出には頓着しない。

その反面、物が安く手に入るとか、タダで物をもらえることにトラオは無上の喜びを感じるのだ。あり余るお金を手にした今でさえ、トラオは食事に行けばメニューの安い食べ物からチェックしている。

リオたちはトラオのそういった性格を次第に理解し始めてきたので、最近は好きな食べ物を注文するようになった。そういうとき、トラオはちょっとリオたちに目をやるのだが、特に何も言わなかった。

リオはそんなトラオを見て、何となくパーティーとしての連帯感が高まっているような気がしていた。お互いが遠慮しているようでは、やっぱり仲間とは言えないのだ。

「今回の旅の目的は、クサナギ神の剣を手に入れることだけど……」

トラオが口にしたことは、リオたちはとっくにわかっていた。

ただ、どうやって手に入れるのかは知らされていない。

リオはAランクの戦士としては優秀だが、Sランクにはまだ手が届くレベルではなかった。英雄たちが抜こうとして抜けなかった剣が抜けるとは思えない。

トラオはSランクの冒険者ではあるものの、職業・商人では勇者と名乗るには少し無理がある。

「リオにはクサナギ神の加護を受けてもらおうと思っている。だから、戦闘は極力リオに任せて、レベルアップを図るつもりだ」

「えっ？」

思わぬ指名を受けて、リオは驚いた。

確かにクサナギ神は戦士に加護を与えると言われている。その加護はかなり強力なもので、戦士として何段階も強くなれるらしい。

ただ、加護を受けるには、本人自身が優秀な戦士であることが大前提だ。ヤマトの王も言っていたように、そうでないとクサナギ神に気に入られない。そんな自信はリオにはなかった。

「先輩、お言葉ですが、私はまだクサナギ神の加護を受けられるような戦士ではないと思いますが」

恐る恐るリオは告げた。情けないとは自分でも思う。けれども、魔王領で斃れた討伐チームの戦士たちに及ばない自分のことを、そこまで高く評価はできない。

「問題ないよ。僕が何とかするから」

トラオはこともなげに言った。

傍から聞いている分にはとても頼もしいセリフだが、どう「何とかする」かが問題なのだ。大概がロクな方法ではない。

「でもね、確実性を上げるためにはリオのレベルアップが欠かせないんだよ。だからまあ、死ぬ気で頑張ってね？」

リオの顔から血の気が引いた。

トラオは嘘を言わない。死ぬ気で頑張れ、と言ったからには、本当に死ぬような思いをさせられるのだ。

「大丈夫だよ、リオちゃん！　私が死なせないから！　一生懸命回復魔法をかけるから！」

リリスが悲壮な表情を浮かべている。

「私も頑張る！　リオちゃんが死なないように補助魔法をいっぱいかける！」

ドミニクもトラオの発言を聞いて、リオの命に危機感を募らせているようだ。

「君たちって本当に仲が良いよね？」

トラオだけがいつものように微笑んでいた。

――

クサナギ神の社がある山というのは、ヤマト国では霊峰（れいほう）と呼ばれている。

それはリオたちが見たこともないような高さの山だった。しかも、その周囲は広大な森林に囲まれている。

一応、ヤマトの王から地図をもらっているので道はあるにはあるのだが、通る者がほとんどいないので、獣道と大して変わらない。

「この森を突破して、あの山を登るんですか？」

体力に自信のないドミニクが絶望していた。目の前に広がる森は、ただの森ではない。高く伸びた木々が密生していて、完全に人を拒んでいる。しかも、中からはギャーギャーと動物だか魔物だかわからないものの声がひっきりなしに聞こえていた。

「うん、そうなるね。ちなみにヤマト国の人たちが言っていたけど、この森は大樹海と呼ばれていて、迷ったら二度と出られないらしいから気を付けてね？」

トラオは何でもないことのように言ったが、それを聞いてドミニクの顔は引き攣った。

何でそんな迷宮みたいな森の中に入らなければならないのだろう？

リオの心配をしていたが、下手をすれば自分もこの樹海の中で野垂れ死ぬ可能性がある。

「がっ、頑張りましょう！」

落ち込む仲間を見て、リリスは何とか励まそうと声をかけたが、二人の表情は曇りに曇っていた。

「じゃあ、リオはこれを身に着けてね」

トラオはアイテム袋から小さな袋を取り出すと、それをリオに手渡した。

何気なく受け取ったリオだが、その袋から漂うにおいに顔を歪めた。

「何ですか、これは？」

「におい袋だよ。魔物を惹き付ける効果があるんだ。それを持って先に進んで。そしたら、魔物がいっぱい出てくるから。頑張って倒してね」

トラオはにこやかに答えた。

（何が楽しくて魔物を誘き寄せてまで戦わなければならないの？）

そうリオは思ったものの、黙って腰ににおい袋をくくりつけた。

トラオから「死ぬ気で頑張れ」と言われた時点で覚悟はしていたし、魔王軍を倒すためには、自分たちのレベルアップは欠かせないと自覚している。

リリスとドミニクが無言でリオに補助魔法をかけ始めた。

トラオは言った。

「そのにおい袋は結構高いから大事にしてね？」

（におい袋より、私の命を大事にしてほしい）

という言葉を呑み込んで、リオは普段は着けない兜を被り、完全武装で先へと進んだ。

樹海の細く険しい道に足を踏み入れると、早速魔物たちの気配が近付いてきた。リオは剣を抜いて戦いに備えた。

頭上でガサガサと音が鳴る。それもひとつやふたつではない。

（くる！）

木の上から何かがリオに飛びかかってきた。

一見すると猿であるが、その大きさは人間に近い。

ヤマトエイプと呼ばれる魔物である。事前に教えてもらった情報で、その存在は把握していた。ヤマト国に多数生息する猿型の魔物で、特殊な能力はないが力が強くて素早い。そして集団で行動する。

剣を一閃して、飛びかかってきたヤマトエイプを斬り捨てた。

地に伏した魔物の姿からは、短い灰色の体毛で覆われた身体に、獰猛そうな真っ赤な顔、そして鋭く大きな鉤爪が見えた。

後ろに目をやると、少し距離を置いたところでトラオたちがヤマトエイプに襲われていた。

リリスやドミニクに襲い掛かるヤマトエイプたちを、トラオが虫でも追い払うかのように簡単に倒している。商人とはいえSランクの冒険者。その腕はさすがだった。

（私も頑張らないと！）

ヤマトエイプたちは森の中に潜んでいるため、その数はわからないが、すっかり周囲を囲まれたようだ。キーキーとリオを威嚇する声がいくつも聞こえる。

緊迫した間を少し置いた後、魔物たちが一斉に襲い掛かってきた。

リオは必死に剣を振るった。しかし、その剣に怯むことなく、邪悪な猿たちは間断なく鉤爪で攻撃を仕掛けてくる。そのいくつかが鎧をかすめて、甲高い嫌な音を立てた。

リオはミスリル製の軽くて防御力の高い鎧を身に着けている。以前使っていた革製の鎧であれば、すでにかなりのダメージを負っていたかもしれない。

今回の旅にあたって、ガーネットは装備を一新したのだ。トラオが珍しくケチらずに新品の装備を購入してくれた。

「また中古品でパーティーを追放されたくないからね」と言って。

ケチな商人もたまには反省するらしい。

（やっぱりいい装備は違うな）

振るっている剣もミスリル製で、さらに古代文字が刻まれており、魔力が付与されていた。おかげでそれほど力を入れずにヤマトエイプを斬り倒すことができる。

（いける！　これなら魔物たちをすべて倒すことだって……）

リオが勝利を確信したそのとき、キーキーと鳴く声が幾重にもなって、あたり一帯から響いた。

戦いの音を聞きつけて、ヤマトエイプがさらに集まってきたのだ。におい袋の効果もあるのかもしれない。

（数が……多すぎる！）

もはや襲い掛かるというより、まとわりつくように魔物たちがリオを覆った。

顔のすぐ近くで、ヤマトエイプが牙を剥いた。獣の形容し難い悪臭が鼻を突く。

リオは身体を独楽（こま）のように旋回させて、猿たちを吹き飛ばすと、地を蹴って跳躍（ちょうやく）した。

ひとつの場所に留まると不利を免れない。

この数の魔物たちを相手に、リリスやドミニクを巻き込む訳にはいかないと、リオは道の先へ先へと進んだ。

斬っては走り、斬っては走りを繰り返す。

何匹斬ったかも覚えていないし、どれくらい走ったかもわからない。どれだけ時間が経ったのかすら、わからなかった。

けれども魔物の数が減る気配はない。この広い樹海だ。ヤマトエイプなど、それこそ星の数ほどいるのではないだろうか？

リオは死力を振り絞って戦い続けた。もはや身体が勝手に動くようだった。ヤマトエイプたちも次第にリオを恐れ始め、迂闊(うかつ)には近付かなくなった。

が、突然、頭に衝撃を受けた。兜越しでも痛みを感じる。

足元には石が転がっていた。

投擲(とうてき)である。

ヤマトエイプたちが近接戦の不利を悟り、木の上から石を投げ始めたのだ。

(これは……)

反撃のしようがない。動き続けて的を絞らせないようにするしかないが、もはや疲労が限界に達していた。

木の陰に隠れてやり過ごそうにも、隠れた木の上から石が降ってくる。

悪夢のようだ。

(まさか、こんなところで死ぬの?)

リオの脳裏に死がよぎった。

魔王討伐を目標としてきたのに、猿を相手に死ぬのだろうか? そもそも、こんな魔物を相手に負けるようでは、魔王を倒すことなどできるはずがなかった。

心が折れかけて、身体から力が抜けていく。石を避(よ)けることすら億劫(おっくう)になってきた。

(駄目かもしれない)

そう諦めかけたとき、視界の端にトラオの姿が映った。

「先輩……」

トラオは地面に転がる石を拾うと、木の上へ向かって投げた。

軽く投げたように見えたが、石は風を切る音を立てて凄まじい速さで飛んだ。そして、ギャッという短い悲鳴が聞こえたかと思うと、木の上からヤマトエイプが落下してきた。

頭から血を流している。石が直撃したらしい。

トラオはさらに石を拾うと、次から次へと投げていった。そして、投げた先から次々とヤマトエイプが落ちてくる。ものすごいコントロールと威力だった。

これがSランクの実力。魔法が使えない代わりに、あらゆる武器や道具を使う訓練を積んだと聞いてはいたが、ただの石ころをここまで扱えるとは思っていなかった。

トラオの登場に身の危険を感じたのか、ヤマトエイプたちは慌てて逃げ始めた。

「先輩！」

リオはトラオに抱き着いた。

「助けにきてくれたんですね？」

冷静に考えれば、トラオが招いた状況なのだが、それでも来てくれたことが嬉しかった。

何よりもトラオの強さを間近に感じられたことが、彼への想いへと結びついた。

何て頼りになる人なのだろう。この人に付いていけば間違いなんてない。

トラオに抱き着くリオの腕に力が入った。もう離したくないと、そう思った。

しかし――


「違うよ？」

トラオがにこやかに告げた。

「……えっ？」

「そろそろ疲れた頃だと思ってね。ポーションを持ってきてあげたんだ」

トラオの手には、怪我と体力と気力を回復させるポーションが握られていた。ついでに眠気も吹き飛ばすので、冒険者の間では二十四時間戦えると噂されている最高級の品だ。

「これを飲めば、またしばらくは戦えるでしょう？　頑張ってね？」

リオにはよく状況が理解できなかった。というより、理解することを頭が拒否していた。

ポーションを手渡されたリオは、それを呆然と眺めた。

「あの、これを飲んで、また戦うんですか？」

「そうだよ？　短期間で強くなるには、これくらいしなくちゃね。このポーションは費用対効果が悪いから、普段は買わないんだけど……」

トラオはいい笑顔を浮かべた。

「君のためなら安いものさ」

……何だろう。全然嬉しくない。そういう言葉はもっと気の利いたプレゼントを渡すときに言ってほしい。

「あ、心配しなくていいよ？　これ一本じゃないから。たくさん用意してあるから」

「たくさん？」

死刑宣告を受けた気分だった。

さっきまでの地獄のような戦いを、これからまた何度も繰り返さなければならないのかと思うと泣きたくなった。

悲しみに暮れるリオの表情を見て、何を勘違いしたのか、トラオは優しく告げた。

「大丈夫だよ。君のことは僕が死なせないから」

傍から聞く分には愛のある発言なのだが、内容としては、

「死にかけたら無理矢理復活させて戦闘を続けさせる」

という意味なので、そこに『恋』とか『愛』は存在しない。

あるのは『生』と『死』である。

渡されたポーションを、リオはやけくそ気味に一気に飲み干した。

昼も夜もなくリオは剣を振るい続けた。

死にそうになったら、どこからともなくトラオが現れ、最高級ポーションを飲ませた。

ちなみにリリスとドミニクは、リオが魔物を殲滅し、危険がなくなった道をゆっくり進んでいる。これは単にドミニクの体力の問題でもあるのだが……。

この過酷な戦いを続けていくうちに、リオは自分の動きがかなり変わってきていることを感じた。

動作が最適化されているというか、無駄がなくなってきている。

効率を求めて、的確に相手の急所を狙って剣を振るうようになってきた。

確実に戦士としてレベルアップを果たしているのだ。

そして、気付けばトラオの姿を求めるようになっていた。


（ひょっとして、私、先輩のことが……）

諸悪の根源はトラオなのだが、それでもリリスとドミニクが遅れている今、人が他にいない。この過酷な試練の中で、トラオだけが唯一の存在となってしまっているのだ。

恐怖や不安を恋愛感情と錯覚するこの現象は、冒険者の男女に起こりやすいことなのだが、リオはそのことを知らない。

もちろん、これはトラオも意図したところではない。

トラオにはこの戦いにふたつの目的があった。リオのレベルアップと、社までの道程に出る魔物の駆除である。

ヤマトエイプがいなくなれば、整備工事をする際のコストを減らすことができる。つまり将来的な支出が減るのだ。それを考えれば、最高級のポーションも惜しくはない。

トラオは自分が立てたその計画が上手くいっているので、ご機嫌である。

自分を見るリオの眼差しが熱っぽいものになっていることに、まったく気付いていない。

こうして三日三晩かけて、トラオたちは樹海を踏破した。

しかし、待ち受けるのは世界有数の高さを誇る霊峰である。

リリスのサポートを受けながら、ようやく山の麓にたどり着いたドミニクはげんなりしていた。

「私、死んじゃう……」

「大丈夫だよ、ドミちゃん。いっぱい疲労回復の魔法をかけてあげるから、ね？」

登山を嫌がるドミニクをリリスが優しく諭した。

それを横目に、トラオとリオが話し合っている。

「この山はヤマトウルフが出没する。ヤマトエイプよりも獰猛で強いけど、いけるね？」

「はい、先輩。いけます！」

トラオの言葉に、はきはきと返事をするリオ。その目はトラオへの深い信頼で満ち溢れていた。

（何あれ？　リオちゃん、ヤバくない？）

ドミニクは小声でリリスに言った。

（何かリオちゃん、変だよね？）

リリスもリオの様子をおかしく感じていた。

以前からリオは三人の中で最もトラオを信用していたが、ここまではなかった。

それがこの三日間で親愛の情をかなり深めている。もっともトラオの態度はいつも通りなのだが。


リオはトラオに敬礼すると、疾風のように山道を走り出した。

においはつけたままなので、ヤマトウルフたちがすぐに群がってきたが、リオは当たるに任せて斬りまくっている。

何なら戦いを楽しむように、口元に笑みすら浮かべている。

トラオはその様子を満足げに見ていた。

「……リオちゃん、随分と強くなったね？」

ドミニクは友人の変貌ぶりに唖然としていた。

「強くなったというか、人が変わったような気がするけど」

リリスも、リオが遠い所へ行ってしまったような気がした。

もともと、リオは敏捷性（びんしょうせい）に優れ、騎士としての訓練も受けていたため、戦士としての素質は充分にあったのだが、この短期間に一気に開花した感がある。

リオの活躍もあって、ガーネットは順調に社を目指して進んでいった。


——


霊峰の頂上付近に、その社はあった。

だいぶ年季が入っており、風化しかけている。滅多に人が立ち入れない場所に建てられているため、修繕ができないのだ。

遅れていたドミニクとリリスの到着を待って、四人はその社の中へと足を踏み入れた。

中に入ると、まず奥にある巨石が目に入った。よく見ると立派な剣が刺さっている。

さらに、石の後ろには、そびえるように立っている人物がいた。

その人物の見た目はヤマトの人間と同じだが、人の倍はあろうかという巨体であり、両手にそれぞれ剣を握っている。そして、緑色の炎のようなオーラに包まれていた。

間違いなく武芸の神として名高いクサナギ神であった。


『よくぞたどり着いた、勇者たちよ』


クサナギ神は荘厳(そうごん)な声で、トラオたちに語り掛けた。

『お前たちの目的はわかっている。魔王を倒すために、この剣を引き抜きに来……』

「あっ、その剣はいいです」

トラオがクサナギ神の言葉を遮(さえぎ)った。

『えっ？』

「「「えっ？」」」

トラオ以外の全員が間の抜けた声を出した。

「特別な人間にしか使えず、一本しかない剣は汎用性に欠けます。使える人間に万が一のことがあれば、魔王が倒せなくなってしまいますので」

『おっ、おう、それはそうだが……』

思いがけない言葉にクサナギ神は憮然としている。リオたちも何しにきたのかわからなくなって混乱していた。

「それよりも、私はクサナギ神に別のお話があって、やって参りました」

『……何だ？』

「せっかく、クサナギ神という立派な神がいらっしゃるのに、この国では信仰が少し薄いのではないかと、私は以前から危惧しておりました」

『うむ、それは我も前から思っておった』

トラオの言葉に、クサナギ神は大きく頷いた。

「それというのも、クサナギ神が少し険しすぎる場所におられるのが原因ではないかと思いまして」

『そうかもしれんが、我は勇者を好む。我と相対するには、それ相応の試練が必要だ』

「仰る通りなのですが、それでは勇者以外の大部分の者たちに、クサナギ神の偉大さが伝わらないのではないかと」

『むっ、なるほど。一理あるかもしれぬ』

トラオの言い分にクサナギ神は耳を傾けた。

「この高い山に登るだけでも、クサナギ神への信仰の証は充分かと思います。であれば、社までの道程を整備してはいかがでしょうか？　さすれば、クサナギ神を詣でる者たちも多く現れましょう」

『うーむ』

クサナギ神は唸った。思うところがいろいろとあるのだろう。

『しかし、この国の者たちが今さらそのようなことをするだろうか？　我が言うのも何だが、ここまでの道程を整備するには莫大な費用がかかる。それをあの信仰薄き者たちがするとは思えぬ』

長期間訪れる人間がいなかったせいか、クサナギ神は軽い人間不信に陥っていた。

「そこはお任せください。私がこの国の王にかけあって、必ずや道を整備する約束を取り付けてきましょう」

『まことか？　神に嘘は許されぬぞ？』

クサナギ神はトラオの提案に期待を寄せているようだ。

一方、リオたちは、トラオがロクでもないペテン師であることを再認識していた。

「嘘はございませぬ。しかし、クサナギ神。これは神への捧げ物となります。これに対して、何の恩恵も与えぬとなると、クサナギ神の名に傷が付いてしまいます」

『それはそうかもしれぬ……』

「どうでしょう。その岩に刺さった剣ほどの力はなくともいいので、誰もが使えて魔王に通じる剣を百本用意されてはいかがかと。さすればクサナギ神は世界を救った神として、全世界の人間から信仰の対象になるのではないかと存じます」

『ひゃ、百本だと！』

さしものクサナギ神も驚愕の表情を浮かべた。

『人間よ、さすがにそれは神に対する畏敬の心が……』

「この社も新たに建て替えることを約束します」

『わかった。やろう』

一瞬難色を示したクサナギ神だったが、トラオの提案にあっさり乗った。朽ち果てかけた社に祀られた状態というのは、さすがに嫌だったのだろう。

『しかしだ、人間。私が剣を作るにはオリハルコンが必要だ。それを百本ともなると、ほぼ世界中のオリハルコンを集める必要があるぞ？　それがお前にできるのか？』

クリナギ神はトラオを試すように言った。

「すでに用意してございます」

『えっ？』

トラオはアイテム袋を取り出すと、そこから大量のオリハルコンを取り出した。大小、形は様々であるが、それらは間違いなく伝説の金属オリハルコンだった。ヤマトに出発する前に、リオたちが世界各地から買い集めたものだ。

『……お主、どうやってこれを手に入れた？』

「卑しい金の力でございます」

トラオが軽く頭を下げる。

『わかった。確かにこれだけあれば十分だ。少し時間はかかるが、百振りの剣を必ず用意してやろう』

「ありがとうございます！」

トラオが平伏し、リオたちもそれに倣う。

「つきましては、クサナギ神。もうひとつお願いしたいことがありまして……」

『何だ？　まだ何かあるのか？』

クサナギ神の声はちょっと嫌そうに聞こえた。

「ここにおりますリオは戦士でございまして、何卒クサナギ神のご加護を賜れないかと思いまして」

突然名前を呼ばれたリオは、びくりと身体を震わせた。

『うーむ、その娘は加護を与えるには少々力が……』

大幅なレベルアップを果たしたものの、リオの力量はまだクサナギ神が認める域には達していなかったようだ。

「お礼に、ヤマトの国の中心地にクサナギ神の石像を建てさせて頂きます」

『問題ない。加護を与えよう』

ふわっとリオの前まで進み出たクサナギ神は、リオの頭に手をかざし、その緑色のオーラを分け与えた。

リオは自分の中に急速に高まる力を感じた。

「ありがとうございます！」

リオは再びクサナギ神に頭を下げた。

――

その後、約束通りトラオはヤマトの国に資金を供与(きょうよ)し、ヤマトの国は総力を挙げて、クサナギ神の社までの道程を整備、新たに社も建て直した。

これによってクサナギ神は多くの人間、特に武人から詣でられるようになる。

ヤマトの中心地に建てられた巨大なクサナギ神の石像も観光名所となった。

ヤマトの国は潤い、権益を半分確保したトラオにも十分な利益をもたらすようになった。

第9話　伝説の盾

芸術の国として知られるオスリア、そこに住むマリオは生活に困窮していた。本来は将来を期待された若手の画家なのだが、魔王軍との戦争が長引く中、絵を買おうという人間はどんどん減っていたのだ。

「なぜこんなことに……これでは絵を諦めて働くしかないのか……」

幼い頃から絵が上手く、天才と持て囃されてきたが、生活できないのであれば、もはや画家として生きていくのを諦める他ないように思えた。

ところがそんな彼に、吉報が飛び込んできた。

「何だ、このコンクールは！　優勝賞金が金貨千枚！　百位でも金貨百枚ももらえるじゃないか！　これはすごいぞ！　題材は……アイギス神に限られるのか、まあ、美を司る神だし、そういうものか」

そのコンクールはトラオ商会という聞いたことがない商会が開催しており、入賞者の作品は新たに建築される美術館に展示されるという。芸術作品なら幅広く受け入れており、絵画、彫刻といったものから音楽まで対象となっている。

この機会を逃す手はなかった。マリオはその日からコンクールに向けて、全力で創作に専念した。


――


コンクール当日、会場に絵を持ち込んだマリオは、会場の作品の数に圧倒された。昨今の不況から、このような高額賞金がかかった芸術のコンクールは少なく、国内外から何千という作品が出品されていたのだ。

「くそっ、金の亡者どもめ！　芸術の何たるかも理解せずに、賞金につられやがって！」

マリオは自分のことを棚に上げて、他の出品者を貶（けな）した。

審査員は目の肥えた著名な評論家たちが十人揃えられていた。確かにこの審査員たちの審美眼なら、誰も文句のつけようがないだろう。

そして、審査の結果は……マリオが一位に選考された。

「やった！　これで画家として生きていける！」

マリオは神に、アイギス神に感謝した。

優勝賞金を渡してくれるのは、トラオ商会会長のトラオという男だった。

商人らしく少しふっくらした体型で、ニコニコと如才ない笑顔を浮かべている。

「素晴らしい作品です。アイギス神もきっと喜ばれることでしょう」

（アイギス神が喜ぶ？　何のことだろう？）

そうマリオは思ったが、自分の作品がそれだけ素晴らしかったというふうに捉えた。

――

「という訳で、今回はアイギス神の加護を得るために、ドミニクにレベルアップをしてもらうから」

トフオは決定事項のようにさらっと告げた。

魔法と美術を司るアイギス神の神殿に行くと聞かされた段階で、魔法使いであるドミニクは覚悟していた。しかし、はっきりと言われると、やっぱり気分が落ち込んだ。

何しろ、前回神の加護を得たリオは、三日三晩高級ポーション漬けで戦い続けた上に、すっかりトラオに心酔してしまっている。自分もああなる可能性があるかと思うと、ちょっと嫌だった。

　ドミニクは別にトラオのことが嫌いな訳ではない。常に合理的な判断をするトラオは、どちらかというと魔法使いの思考に近いものがあり、理解できなくはない。

　しかし、一般的な倫理観を逸脱している魔法使いから見ても、トラオはかなりやり過ぎているところがあった。

　男性としてはよくわからない。年は四つくらい上だし、体型も少し太めでガッチリしていて、お世辞にも素敵とは言えない。ただ、悪い人ではないということはわかっていた。

　駆け出しの頃のくすぶっていたガーネットに手を差し伸べてくれて、いろいろなことを教えてくれたし、装備やアイテムも援助してくれた。

　もちろん、代わりにトラオの持ってきた依頼を引き受けていたが、それを差し引いて考えても、自分たちのメリットのほうが大きかったと思っている。

　総じて考えれば、やっぱり頼りになる先輩という感じだ。


「えっと、私は何をすればいいんですか？」

　恐怖と不安で胸がいっぱいになりながらも、ドミニクは数時間後の自分の運命を尋ねた。

「うん、今回は海中だからね。あまり剣が役に立たないんだよ。要するにドミニクだけが頼りってことさ」

……責任が重い。確かに海中は物理的に動きにくいが、魔法だって火系や風系の呪文が使えないだろう。雷系もすぐに発散してしまうだろうし、自由度がかなり低い。

「水中では魔法もかなり威力が下がると思いますけど……」

ドミニクは自分の不安を正直に打ち明けた。

「いや、魔法は物理現象というより、術者のイメージに依存するからね。ドミニクが強いイメージを持てば、水中でだって火系の魔法は使えるよ」

それは確かにトラオの言う通りだった。そもそも魔法が物理現象なら、何もないところから発火したり、風が起きたりすることはない。

とはいえ、水の中で燃え盛る火をイメージすることは、当然難易度が高いことなのだ。

「頑張ります……」

ドミニクには、そう返事をするのが精一杯だった。

「じゃあ、みんなこれを飲んでね」

アイギス神の神殿が沈んでいると言われている海を前に、トラオはガーネットの三人に丸薬（がんやく）を渡した。

「これを飲んだら、海の中でも呼吸ができるようになるから」

丸薬はかなり貴重なアイテムだった。滅多に手に入らない素材を使っている上に、腕のいい薬師でないと調合できない品だ。値段でいえば、丸薬一個で家が建つ。

三人は落とさないように恐る恐る口に運び、トラオは無造作に飲み込んだ。

トラオは飲むなり、ドブンと海の中に飛び込んで、その効果を確認した。

こういうときに躊躇なく身体を張るのはなかなかできないことだと、ドミニクは思っている。

トラオは少し潜った後、海面から顔を覗かせた。

「うん、問題なく呼吸はできるね。みんなも海に入って。アイギス神の神殿まで海底を歩いて目指すから」

リオがさっと海に飛び込み、リリスとドミニクは手に手を取って、一緒に海へと飛び込んだ。

ドミニクは無意識に息を止めてしまったが、すぐに耐えきれなくなって息を吐き出した。

……苦しくない。不思議な感覚だが、地上にいるときと同じように呼吸ができた。

驚くことに、声による意思の疎通も可能だった。どういう効果によるものなのか、ドミニクは不思議だった。

そのまま四人は飛び込んだ海の底で合流すると、アイギス神の神殿へと向かった。

時間ほど歩くと、だいぶ水深が深くなり、太陽の光も届かなくなって、視界が薄暗くなってきた。

トラオは水の中でも使える松明……というより光る魔法の棒を取り出すと、それに明かりを灯した。トラオはそれをさらに二本取り出して、リオとリスにも手渡した。

ドミニクは自分の杖の先に光を灯したので不要だった。もらったところで、戦いの邪魔になるだけだろう。

そしてさらに進むこと一時間、遥か頭上に太陽の淡い光が見えるだけで、周囲は真っ暗になった。

魔法の明かりだけが頼りになったそのとき、それはやってきた。

（気持ち悪いなぁ……）

ドミニクはやってきたそれを見て思った。

魚人である。人間と魚を掛け合わせたような存在。その昔、海神の怒りに触れた国の民たちが、その姿に変えられたと言われている。

真偽は確かではないが、彼らはとにかく人間が嫌いだった。

その証拠に憎しみで歪んだような顔をして、ガーネットに襲い掛かってきている。

（多分、元は人間で、半分魚になった自分たちの姿を嫌悪していて、それで嫉妬交じりに普通の人間を攻撃するんだろうなぁ）

そうドミニクは分析しながら、海中用に考案してきた呪文の詠唱を始めた。

「水よ、凍てつき、氷柱（つらら）となりて……」

海であることを利用し、水を凍りつかせて氷柱に変え、それを飛ばして、敵を貫く呪文である。

イメージしやすく、地上にいるときよりも呪文効率がいい。

十人ほどいた魚人たちは、たちまち氷の杭によって串刺しになって全滅した。

そこまではよかったのだが……

その魚人たちの血を嗅ぎつけたのか、巨大な魚系の魔物が寄ってきたのだ。

メガロドンと呼ばれているそのでかい魚は、正確に言えば、魚類なのか魔物なのか判別はついていないらしいのだが、とにかく海の中の危険生物である。

小型の船くらいはあろう巨体に、大きな口にビッシリと生えた牙。噛みつかれたら、たとえ鎧を着ていても、すり潰されて助からないであろう。

メガロドンは、あっという間に魚人たちの死体を咀嚼すると、物足りなかったのか、ガーネットのメンバーに迫ってきた。

すぐさまドミニクは呪文を唱え、メガロドンに氷柱を放った。

しかし、氷柱は刺さるには刺さったが、身体がでかすぎて致命傷には至らない。それどころか刺さったまま、スピードを落とさずに突進してくる。

(これだから痛覚の鈍い下等生物は嫌い!)

大きく顎を開けて迫るメガロドンに、ドミニクはパニックになった。

すると、トラオとリオがドミニクの前に立って、メガロドンへ剣を振るった。

Sランクの冒険者であるトラオはもちろん、クサナギ神の加護を得たリオも、水の中でも地上と遜色ない動きである。

二人の素早い動きに、メガロドンは上手く対応できず、頭部を何か所か斬られると、体勢を立て直すために一旦退いた。

「今のうちだよ、ドミニク」

トラオがとどめの呪文を撃つよう、ドミニクに促した。

「ドミニク、後は任せたよ!」

リオはドミニクに向かって親指を立てた。

（みんなの期待が重い……）

ドミニクにとって、二人の心遣いはありがた迷惑だった。

地上と変わらず戦えるなら、頼むからそのまま倒してほしい。大体、さっき撃った呪文が効かなければ、ドミニクに打つ手はないのだ。

けれども、この旅の主役はドミニクである。トラオたちはあくまでドミニクに敵を倒させたいのだろう。

（ああ、もう、やってやるわよ、こんちくしょう！）

ドミニクは杖を構えて呪文の詠唱を始めた。

「猛（たけ）き雷（いかづち）よ、光と為（な）りて……」

雷撃の呪文である。物理的に言えば、すぐに発散するし、何なら水を伝って、自分たちが真っ先に感電しそうなものだが、そんな真っ当な考えをドミニクは捨てた。

（とにかく！　あのでかい魚が黒焦げになる！　なるったら、なる！）

自分に都合のいい極端なイメージを思い描いたドミニクは、メガロドン目掛けて魔法を放った。杖の先から雷光が迸（ほとばし）る。

再度、突進しようとしていたメガロドンはその直撃を受けて、全身を大きく震わせた。

（効いている！）

呪文の効果を確信したドミニクは重ねて雷撃の呪文を放ち、三度目の雷撃でメガロドンはピクリとも動かなくなった。

「やったね、ドミちゃん！」

リリスが抱き着いた。

「よくやった、ドミニク！」

リオも褒めてくれた。

「じゃあ、次行ってみようか」

トラオが指差した先には、新たなメガロドンの姿があった。

「えっ？」

ドミニクの顔が青ざめた。

（もう嫌だ……）

あれから、何匹ものメガロドンに雷撃魔法を放った。

魚人たちも大挙して押し寄せてきたので、氷魔法も数えきれないほど使った。すごい勢いで魔力が消費されていった。

しかし、魔力が限界になる寸前の、ちょうどいいタイミングで、トラオが魔力回復のポーションを手渡してきた。

(限界なのは魔力だけじゃなくて、精神的にもなんです!)

ポーションを渡される度に、ドミニクは何度もそう言いかけたが、結局口には出さなかった。

ポーションを差し出すトラオの右手を拒めなかった。

目の前のこの男は、魔王討伐チームが全滅したあの日から、淡々と魔王を倒す準備を進めてきた。

目的のためなら手段を選ばず、どんな非道にも手を染めてきた。

しかし、いつだってトラオの言葉に嘘はなかった。

彼は魔王を倒すと言った。それはきっと実現するのだろう。

ドミニク自身、魔王軍と戦うために冒険者になったのだ。その想いは今も揺るがない。

だから、トラオの差し出した右手を払いのけることなど、できるはずもなかった。

ドミニクは渡されたポーションを一息で飲み干し、また呪文を唱え始めた。

(私たちが魔王を倒すんだ!)

この日初めて、ドミニクは自分の手で魔王を倒すということを意識した。

半日ほど海底を歩き続け、ようやくアイギス神の神殿が視界に入った。

闇に包まれた海底の中にあって、その神殿だけが輝きを放っていたのだ。

「やっと着いた……」

ポーションで回復していたとはいえ、ドミニクは疲労困憊で神殿を目にした瞬間、膝から崩れ落ちそうになった。

「ドミニク」

トラオが声をかけてきた。労い(ねぎらい)の言葉でもかけてくれるのだろうか？

「何ですか、先輩？」

「あれを倒さないと多分神殿に入れない」

トラオが指し示した神殿の門には、巨大なタコが行く手を阻んでいた。

「あれって、クラーケンですよね？」

クラーケンは伝説の魔物だ。海の魔物の中でも最強クラスである。

「そうだね」

「まさかあれも倒さないと駄目ですか?」

「倒さないと中に入れないからね」

引き返して帰りましょう、とドミニクは言いたかった。

しかし、その気持ちとは裏腹に、ドミニクは杖をしっかり握り直すと、呪文の詠唱を始めた。

(クラーケンが倒せなくて、魔王を倒せるはずがない!)

さっきまでメガロドン相手に使っていた雷撃の呪文を、クラーケンにも放った。

金色の光が巨大なタコを貫く。

が——

(あれ? 効いていない?)

クラーケンはまったく動じていない。いや、まったくではなかった。ふたつの大きな眼球が、しっかり視界にドミニクを捉えている。

そしてその巨大な足を鞭のようにしならせて、ドミニクに叩きつけた。その巨体に見合わぬ、信じがたいスピードだった。

「あっ……」

ドミニクはそれを呆然と見ていた。とても回避は間に合いそうにない。

――ガンッッッ!!

大きな衝突音が海底に響き渡った。

思わず目を閉じていたドミニクは、自分に何のダメージもないことがわかると、恐る恐るその目を開いた。

いつの間にかドミニクの前に出ていたトラオが、大きな盾でクラーケンの足を防いでいた。トラオの足は海底の泥の中にめり込んでいる。けれども、その身体は揺るがない。

大きな盾は、何でも出てくるあのアイテム袋から取り出したものだろう。

再びクラーケンが足をしならせ、攻撃を仕掛けてきた。

トラオは一歩踏み出すと、躊躇なくその攻撃を盾で受けた。

鈍い音が響き、衝撃でトラオが身体ごと後ずさる。

商人なのに、その背中はまるで聖騎士のように心強い。

「ドミニク」

トラオがドミニクのほうに振り返った。

「……はい」

「魔法を続けて」

その顔はいつも通り笑っていた。

「はい！」

ドミニクは次の魔法の詠唱を始めた。きっと自分がクラーケンを倒すまで、この人は攻撃を防ぎ続けるつもりなのだろう。

リオが剣を抜き放ち、戦闘態勢に入っている。リリスも防御魔法を唱え始めていた。

自分も仲間たちに負ける訳にはいかなかった。

（ああ、まったく、この人はいつだって私たちのことを信頼し過ぎだ）

強力な魔法を思い描きながら、ドミニクはトラオのことを考えていた。

（でも、ひょっとしたら、こういう人をカッコいいと言うのかもしれない）

ドミニクはちょっとだけトラオのことを意識した。

クラーケンとの戦いは、ドミニクが放った強力な炎の魔法で幕を閉じた。

海底で炎をイメージできるようになったことからも、ドミニクが大きく成長したのがわかる。

――

ようやく足を踏み入れることができたアイギス神の神殿は、鏡のような大理石でできており、この世のものとは思えないほど美しいものだった。

伝説によれば、アイギス神の神殿の物を傷つけたり、盗んだりした場合、恐ろしい神罰が下るとされている。そのため、リオたちは神殿を歩くだけでも緊張を強いられた。

しかし、トラオは気にしたふうもなく、つかつかと神殿の中へと進んでいく。

神殿の奥の広間のような場所にいたのは、巨大な長椅子に横たわる美しい女性だった。

身体の大きさは人の数倍はあるだろうか。流れるような蒼い髪、見る人を魅了するような金色の眼、完璧という言葉を体現したような裸体は、神々しさしか感じられない。間違いなくアイギス神であった。

『久しぶりの来客ね』

アイギス神は言った。その声は温かみがあるのか、感情がないのか判別がつかない。

『何の御用かしら？』

静かに響くような声。冷たさは感じられないのだが、根源的な畏怖を覚える。対応を間違えれば死に至るかもしれないという、そういった恐ろしさを。

「この度はアイギス神に貢物を持って参りました」

トラオが跪(ひざまず)いた。リオたちも慌ててそれに倣う。

『貢物？』

「はい、こちらにございます」

トラオがアイテム袋から一枚の絵画を取り出した。マリオが描いたコンクールで一位に入選した作品だ。伝説に謳(うた)われたアイギス神の美しさを見事に描き切っている。

『ほう……悪くない……』

アイギス神はその絵に興味を抱いたようだ。

「無論、アイギス神の美を完全に現したものではありませんが、それでも人ができる限りのことをして表現した絵だと思っております」

『なるほど。それを妾(わらわ)に献上すると？』

「その通りでございます」

『ふむ、気に入ったぞ、人間。褒美(ほうび)をやろう』

アイギス神が微笑を湛(たた)えた。思わず「何も要りません！」と言ってしまいそうな、見る者を魅了する笑みだったが、トラオは平然と答えた。

「アイギス神の盾を頂ければと……」

『よかろう。くれてやる』

まったく遠慮のないトラオに対して、アイギス神がふっと息を吹きかけた。すると、その息がキラキラと光り、光が形を成して、盾へと変わった。

『邪を防ぐ盾だ。魔王を倒すのに使うといい』

アイギス神はすべてお見通しだと言わんばかりに笑った。

しかし、トラオは「すいません、貢物はあと九十九個あるんですが」と言った。

『えっ？』

アイギス神の顔が引き攣った。

――

『ハァハァハァ……』

アイギス神の息が荒い。恐らく彼女が神として存在してきた中で、最も過酷な時間だっただろう。

息を吹くだけで簡単に盾ができるように思えるが、実は神としての力をかなり消費する必要があった。

神として威厳を保つために余裕があるように見せているだけで、あれはただの演出である。

アイギス神も「あと九十九個ある」と言われたときは、さすがに断ろうと思ったが、それは神の沽券に関わることだった。一個はよくて、二個は駄目、ということにはできない。

しかも、貢物はどれも文句のつけようのないほど素晴らしいものだった。

トラオはそういった神のプライドを利用する恐ろしい男だったのだ。

しかし、このままにはしておけない。さすがに無礼にもほどがある。トラオが何か失言をしようものなら、切り刻んで魚の餌にしてやらないと気が済まない。

「アイギス神、もうひとつお願いがあるのですが」

強欲な馬鹿が尻尾を出した。

『……何だ？』

どんな願いだろうが、強烈な罰をくれてやろうとアイギス神は思っている。

「この娘にアイギス神の加護を頂きたいのですが」

トラオが指し示した先には、フードを被った金髪の娘がとても申し訳なさそうにうなだれていた。魔術の実力はそれなりにあるようだが、それでもアイギス神の求めるレベルには達していない。

　他の二人の娘も手を組んで、祈るようにこちらを見ていた。今にも這いつくばって許しを請いそうな雰囲気である。

　実に人間らしく好ましい謙虚な態度だった。なぜ、目の前の男はこういう態度が取れないのだろうか？

『その娘は我が加護を得る資格を満たしていない。それもわからずして力を求める愚か者めが！　傲慢には相応の罰を……』

「実はアイギス神専用の美術館を建てようと計画しておりまして」

　怒りを示そうとしたアイギス神に、トラオは切り出した。

『な、にっ？』

　自分専用の美術館？　さすがにその言葉は聞き流すことができなかった。

「アイギス神を描いた絵画、アイギス神を模した彫刻、アイギス神を称える音楽等々、収蔵している美術品がすべてアイギス神のものとなる美術館でございます。今日持ってきた貢物もそこに展示して、未来永劫アイギス神を称えてはいかがかと思っておりまして」

『美術品がすべて私のもの？』

　アイギス神はうっとりとその光景を思い浮かべた。自分の絵画や彫刻が並び、その美術館の中は自分を称える音楽で満たされているのだ。何と甘美（かんび）なことか。

「はい、そうでございます」

『よかろう。その娘に加護を与える』

アイギス神は誘惑にあっさり負けた。

アイギス神がドミニクにふっと息を吹きかけると、その息は光となってドミニクを包み込み、身体の中へとゆっくり入っていった。ドミニクは自分の中にかつてないほどの魔力を感じた。

少し前の自分なら持て余しそうな魔力だが、魔法のイメージと精度が向上した今なら、使いこなせそうな気がする。

「ありがとうございます！」

ドミニクは深々と頭を下げた。


その後、トラオは約束通り美術館を建設。収蔵する美術品はアイギス神のものに限定し、アイギス美術館と命名した。

アイギス美術館には、常に誰かの気配を感じさせる不思議な出来事が頻繁に起こったのだが、それはアイギス神であるとされ、その加護にあやかろうとたくさんの人が訪れた。

芸術家たちも、アイギス美術館に自分の作品が展示されることを誉れとし、いつしか、アイギス美術館は芸術家たちの登竜門のような存在となっていった。

もちろん、トラオにも安定した収益をもたらしたことは言うまでもない。

第10話　伝説の鎧

——来たれ、勇者！　魔王討伐を志す者求む！——

という募集が各国でなされた。募集をかけたのはトラオ。ついに魔王討伐に具体的に乗り出したのだ。

成功報酬として金貨千枚が提示され、我こそはと思う者たちが集まった。その数は何百人にも上っている。金目当ての冒険者から、騎士を辞して参加した者まで、様々な人間が集まった。

「こんなに人数を集めても大丈夫ですか？」

集まった応募者たちを見て、リリスは不安そうに言った。実力がある者もいるが、全員がそうであるとは思えない。

「大丈夫だよ、これから選抜試験をするから」

トラオは予想通りという顔をしている。

「選抜試験？　何ですか、それは？」

そんなものを予定していることを、リオは知らなかった。

「ん？　剣と盾が揃ったんだから、残りは鎧が必要でしょう？　それをみんなで取りにいくんだよ」

ガーネットの三人は鎧と聞いて、ある伝説の鎧のことを連想し、嫌な予感を覚えた。

――

『妖精の森』と呼ばれる巨大な森林の奥深くに、その湖はあるという。

深い霧に包まれた神秘的な存在であり、見た者は少なく、実在しないのではないかとさえ言われている。

実際、湖があると言われている妖精の森は、国がひとつ入るほど広大で危険も多く、容易には近付けない場所でもあった。

今回の目的地はその幻の湖である。湖には鎧に関する、とある逸話があるのだ。

妖精の森の前には、トラオの呼びかけに応じた勇者候補者たちが集まっていた。

募集に応じた者は三百人を超えていたのだが、選抜試験が妖精の森で行われると聞いて、三割ほどがすぐにいなくなった。

この妖精の森には魔物ではなく、魔獣という太古より存在する獣たちが生息している。魔獣は神々の手によって生み出された生物であり、ドラゴンがその代表格として有名だ。簡単に言えば、普通の魔物よりずっと強い。生半可な腕では到底太刀打ちできない。

いなくなったのは報酬目当てで、最初から魔王軍と戦おうとは思っていなかった者たちだろう。魔獣相手に怖気づいたのだ。

しかし、この選抜試験の参加者は、まだ二百人以上残っている。彼らは本気で魔王を倒す気概に満ちていた。

「故国を滅ぼされた」「家族や友人を殺された」など、彼らが戦う理由は様々だが、やる気はあっても実力が伴っていないこともある。

その力不足の参加者を振るい落とすために、妖精の森はうってつけと言えた。

「という訳で、今回はリリスのレベルアップを図るからね」

トラオはにこやかにリリスに言った。

普段は温和なリリスの顔が強張っている。くりっとした大きな目も心なしか潤んでいた。

リリスはこの大所帯の唯一の僧侶なのだ。一人で全員の回復をしなければならない。

選抜試験の参加者の中には僧侶もいたのだが、今回はリリスを鍛えるためにあえて連れてこなかったのだ。彼らには別途選抜試験が課されることになっている。

そのおかげで、リリスの負担はかなりのものだ。

もちろん、念のために参加者一人一人に回復薬は配られているが、僧侶が戦いに参加するとしないとでは、彼らの負担が大きく変わる。

当初、リリスは自分のレベルアップに関して、それほど大変なことにはならないだろうと思っていた。

なぜなら、リリスは僧侶であり、回復するのが役割である。特訓といっても、強力な敵や魔物の大群と戦わされることはない。せいぜい、ガーネットのメンバーの回復をこまめにやるぐらいだと思っていたのだ。

（まさか、二百人を超えるパーティーを用意するだなんて……）

リリスはトラオを甘く見ていた自分を呪った。

思えば、トラオはそういう人間なのだった。人が思いつかないようなことを、いや思いついても実行しないようなことを平気でやる。

死者の装備を剥いで金銭に換える、脅迫して相手に言う事を聞かせる、王様を騙して金を出させる等々、神に仕える者として、とても看過できないようなことばかりやってきた。

もともと、僧侶と商人は相性がよくない。神の教えというのは、蓄財を奨励しておらず、もっと言えば、過度に富を得ることを罪と見做しているところがある。

もちろん、生きていく上での適度な商売は許容しているが、トラオが行っているような大規模な経済活動を神が許すとはとても思えなかった。

しかも、商品は怪しげなポーションであり、売る相手は魔物。それで得た金額は国家予算並みである。悪魔でももう少し謙虚な取引をするだろう。

地獄の底を三つくらい貫通しそうな大罪であった。

恐らく歴史上、最も罪深い商人として、トラオの名前が刻まれることは間違いない。

もっともリリス自身、トラオのやることに手を貸し続けてきたのだから同罪なのだが、彼女には罪の意識があった。でもトラオにはない。罪深き商人本人が悩んでいないのに、自分だけが苦悩している。それが不満だった。

リリスとしては、早くトラオに天罰を下してもらわないと信仰が揺らぎかねない。

とはいえ、今は二百人の回復役という過酷な現実と向き合わねばならなかった。


――

妖精の森は、木々が生い茂っただけのよくある森ではない。気温と湿度が高く、樹木の間を蔓が埋め尽くしている。その中を、見たこともないような生物たちが徘徊しており、原初の生命力を感じさせるような森だった。

長い隊列が、その森の中をかき分けるように進んでいた。このような大所帯を遠征させるためには、かなりの出費が必要となるのだが、トラオは気前よく、そのすべてを賄った。

トラオはケチではあるものの、それを表に出して応募者たちの士気を下げるような真似はしない。彼が吝嗇家の顔を見せるのは、ごく親しい人間に限られていた。

「うわぁぁぁっ!」

また誰かが魔獣に襲われている。

リリスは怪我人を救助すべく、叫び声が聞こえたほうへと走った。

すでに魔獣の襲撃は何十回にも及んでいる。

(神の力にも限界というものがあるわ……)

リリスは長い隊列をせわしなく動き、怪我人を治して回っていた。

彼女も疲労が溜まっているが、あらかじめ魔力と体力と気力を回復させる高級ポーションがいくつも渡されていた。しかも高いだけあって、飲めば効果てきめんだった。言い訳のしようがない。

怪我人を回復し終えた後、リリスはポーションをまた一本空けた。刺激的な味で、眠気も吹き飛んだ。

トラオがこのポーションを渡すときに言った言葉は、「今夜は寝かせないから」だった。実際にリリスは寝ていない。夜も魔獣の襲撃があるので、二十四時間回復して回っている。けれど、

（そのセリフは、こういうときに使う言葉じゃないのよ！）

実は恋愛話が大好きなリリスは、トラオのひどい決め台詞の使い方に怒りを感じていた。

――

「グリフィンが出たぞっ！」

悲鳴のような声が聞こえた。

グリフィンは獅子の胴体に鷲の頭と翼がついた魔獣である。ドラゴンほどではないが、かなりの強敵だ。まず間違いなく怪我人が出るだろう。

リリスは声が上がったほうへとすぐに向かった。

襲われていたのは隊列の一番後ろで、十人くらいの参加者たちが剣や槍を持って、果敢にグリフィンに挑んでいた。彼らとて魔王を倒そうという者たちだ。グリフィンになど負けてはいられないと思っているのだろう。

そこにはトラオの姿もあった。戦いには加わらず、じっと戦況を見守っている。

(またいる)

トラオが戦いの場にいるのは、これが初めてではない。むしろ、ほとんどの現場にリリスより先に赴(おもむ)いていた。

魔獣を倒すのを手伝う訳ではない。参加者たちの腕を見極め、一定のレベルに達していない者には容赦なく失格を告げて、脱落させているのだ。

(人の心がない)

リリスはそれを苦々しく思っていた。

確かに、力がない人をこの旅に同行させ続けるのは危険だ。魔王討伐に参加させたら死んでしまうかもしれない。

しかし、彼らとて、志を持って参加しているのだ。それに、少し前まではガーネットだって同じように力のない冒険者だった。

（もっと、言い方というものがあると思うのだけど）

そう考えているそばから、何人もの参加者たちがグリフィンに蹴散らされた。

リリスはすぐに回復魔法を唱え始めた。彼女しか回復役がいないのだから、責任は重大だ。決して気が抜けない。自分のそういう性格を見越して、トラオはこの旅を計画したのだろう。

まったく嫌な人だ、とリリスは思っていた。

リリスがまだ回復魔法を唱えている途中なのに、もう立ち上がって戦おうとしている参加者がいた。

滅びた王国の騎士団に所属していた人物だった。冒険者の経験がある人間は体力に余裕をもたせて退くのだが、騎士たちはギリギリまで戦おうとする傾向が強い。

それだけ使命感が強いということなのだが、戦い方が危なっかしいとも言える。

一旦、上空に舞い上がったグリフィンが、立ち向かおうとする騎士に狙いを定めた。

「危ない！」

リリスが叫んだ。

騎士は勇敢にも正面から戦おうとしているが、さすがに危険過ぎる。

迫りくるグリフィン。あの勢いで攻撃されたら、人間など簡単にバラバラになってしまうだろう。それではリリスの回復魔法の領域を超えてしまう。

しかし、そこに一本の矢が飛んできた。

矢はグリフィンの羽に刺さり、魔獣が身体のバランスをわずかに崩した。目測を誤らせるには十分な攻撃だった。

騎士はグリフィンの攻撃を難なくかわすと、果敢に剣で斬りかかっていた。リリスが回復させた他の参加者たちも攻撃に加わった。羽に傷を負ったグリフィンは、上手く空に飛ぶことができない。それでも獅子の身体を持っているだけあって、雄々しく地上で戦っている。

そんな中、持っていた弓をアイテム袋にしまうトラオの姿を、リリスは視界の端に捉えた。

（やっぱり、先輩の仕業か）

トラオとの旅でわかったことだが、この商人は器用に武器を扱う。

もちろん、その武器をメインに扱っている人たちには及ばないが、ある程度様になるくらいには使えた。

本人は「手に入った武器が使えなかったら、もったいないよね？」と言っていた。

実にトラオらしい理由だが、あらゆる武器を使いこなすには、相応の努力が必要となる。戦闘の役に立たないと言われている商人が、Sランクの冒険者になったのだ。人一倍研鑽を積んできたことが伺えた。

グリフィンと参加者たちの戦いは長く続いたが、こちらの数が多いこともあって、恐るべき魔獣も最後には力尽きた。

強敵を倒した参加者たちが勝鬨を上げる。

そんな中、最初にグリフィンと勇敢に戦った騎士のところへトラオが向かった。

騎士は褒めてもらえるのかと思って、顔を紅潮させて笑顔を浮かべている。

「残念だけど、あなたは失格です」

トラオは淡々と騎士に告げた。

「なぜだ!?　私はあのグリフィンと対等に戦ったじゃないか！」

思いがけない言葉に、騎士は怒りを見せている。

「対等だと思っているから失格なんですよ。僕がグリフィンに攻撃を仕掛けていなかったら、あなたは死んでいた」

その言葉に、周囲の参加者たちのうちの何人かが頷いていた。

トラオが放った矢に気付いていたのだろう。力量がある者たちは、きちんと周囲の状況を把握しているのだ。

「死んでいたからといって何だと言うんだ⁉　死を恐れていたら魔王を倒すことなどできるはずがない！」

なおもその騎士は食い下がった。

「死ななくても倒せますよ。僕はね、誰一人死なすことなく、魔王を倒すんです」

一度言葉を切った後、トラオは顔をしかめた。

「命を賭けて戦うだなんて、馬鹿のすることなんですよ」

リリスはトラオのその言葉を聞いて、魔王討伐チームが全滅した時のことを思い出した。

トラオの「誰一人死なすことなく」という言葉は、きっとあの光景を見た経験からきているに違いない。

同じ光景を見た者としては、彼の気持ちが痛いほどわかった。

トラオはその言葉通り、誰一人犠牲を出すことなく魔王を倒すつもりだ。

思えば、参加者たちの戦いを必ず見守っていたのも、決して死者を出さないと決めていたからなのだろう。

トラオは嘘を言わない。言ったことは必ず実現させる。でも支える者も必要だろう。

(先輩と一緒にいたら、私まで地獄に落ちてしまいそうですけど……)

リリスは天国へ行くことを諦めた。僧侶にあるまじき考えだった。

それでも最後までトラオを支える覚悟を決めたのだ。その役割をガーネットのメンバー以外の誰かに渡そうとは思わなかった。

たとえそれが罪多き道でも。

(でも、意外と神様は先輩のような人が好きかもしれませんね)

彼女はなぜだかそう思った。


リリスは最後まで回復役を見事に務め上げた。

単純なレベルアップだけでなく、状況判断や回復魔法の効率的な使い方など、僧侶としての力量が確実に上がったことをリリス自身が感じていた。

そして、トラオも参加者たちを陰ながらフォローすることで、誰一人犠牲者を出すことなく、目的地までたどり着くことができたのだった。

ただ、そのときには参加者たちは百人に選抜されていた。

――

幻と呼ばれた湖の奥底で、湖の乙女と言われる妖精ニムエが近付いてくる人間の気配を感じていた。

(久しぶりの人間ね。目的はアタシかしら?)

そんなことをニムエが思っていると、湖の中に何かが投げ入れられた。

(やっぱり、アタシに用なのね。仕方ないわね)

まんざらでもない様子で、ニムエは投げ入れられたものを拾った。

それはミスリル製の上質な鎧だった。

(随分いいものを落としたものね。これだと妖精の鎧を渡すしかないわ)

この湖にはひとつの伝説があった。鎧を落とすと、湖の乙女が現れて、落とした者に問いかけるという。

「あなたが落としたのは、どちらの鎧?」と。

片方は落とした鎧。もう片方は落とした鎧よりもワンランク上の鎧だ。

これに対し、正直に答えるとワンランク上の鎧がもらえ、嘘をつくと鎧ごと湖の乙女は消え去ってしまう。そして、嘘をつこうがつくまいが、もうその者の前には二度と姿を現さなくなる。

つまり、人が問いかけに答えられるチャンスは人生で一度きりなのだ。

ミスリル製の鎧は、人が通常のルートで手に入れることのできる最高の鎧なのだが、ニムエはその遥か上をいく妖精の加護が付与された鎧を与えることができる。

ニムエはミスリルの鎧と妖精の鎧をそれぞれ手に持ち、湖の上へと姿を現した。

「あなたが落としたのは、どちらの鎧？」

湖の前にいたのは、愛想のよさそうな顔をした男だった。

「ミスリルの鎧でございます」

男はにこやかに答えた。

「あなたは正直者ね。褒美にこの妖精の鎧を授けましょう」

ニムエが妖精の鎧を手渡すと、男は

「ありがとうございます」

と言って、深々と頭を下げた。

そして、ニムエはまた湖の中へと姿を消した。

しばらくして、再びドボンと湖の中に鎧が投じられた。

これは過去に幾度かあったことなのだが、先ほどの男と同じグループの人間の仕業なのだろう。

ニムエの逸話を利用して、グループ全員の装備の質を高めるつもりなのだ。人間の欲は深い。

けれども、神や妖精にとって、逸話や伝説はその存在を高めるための大切な儀式であり、無視できるものではない。それに、数個程度の鎧を換えてやるぐらい、ニムエにとって大したことではなかった。

湖から顔を出すと、短い赤髪の女の子が申し訳なさそうに立っていた。

「あなたが落としたのは、どちらの鎧？」

「ミスリルの鎧です」

「あなたは正直者ね。褒美にこの妖精の鎧を授けましょう」

ニムエが妖精の鎧を手渡すと、女の子は何度も頭を下げて鎧を受け取った。

そしてその後、二人の女の子が鎧を落とし、二人とも申し訳なさそうに妖精の鎧を受け取っていった。

まあ、これくらいは想定内である。

——三時間後——


ドボンと湖にまた鎧が投げ込まれた。

一体これで何個目だろうか？　二十や三十は越えているはずだ。

ニムエもさすがに疲れ果てていた。

湖の上へ姿を現すと、冒険者ふうの男が立っていたので、無言で妖精の鎧を渡した。もうミスリルの鎧は拾いもしていないし、いちいち問いかけることもやめた。

「あざっす」

受け取った男も、雑な礼を言って鎧を受け取る。

ニムエは帰るふりをして、顔の上半分だけ水面から覗かせて、湖畔の様子を伺った。

「終わりました！　次の人どうぞ！」

先ほどの男が森林のほうへと歩いていき、入れ替わりに騎士ふうの男がやってくる。

よく観察すると森林の中には大人数の人の気配がした。その数、百はいるだろう。

（ニンゲンコワイ）

ニムエは絶望していた。まさか、自分の逸話を利用して、こんなに大勢の人間がやってくるとは想像もしていなかったのだ。恐るべきは人の欲である。

そもそもこんな大量のミスリルの鎧をどうやって調達してきたのだろうか？　簡単に湖に投げ入れているが、人間の世界ではかなり貴重な装備のはずだ。

あと、大森林の魔獣たちは一体何をしていたのだろうか？　こんなに大勢の人間を湖まで通すなど、自分たちの存在意義を何だと思っているのだろうか？　お前らは危険な魔獣なのだから、もっと真面目に人を襲ってほしい。

そして、昔の自分。お前は馬鹿か。何を人間に親切にしてやっているんだ。人間の欲には際限がない。関わってはいけなかったのだ。過去に戻ることができるのであれば、頭を引っ叩いて、こんなバカな逸話を創るのを止めてやりたい。

ドボンッ！

騎士ふうの男が鎧を湖に投げ入れた。いい加減、自然環境のこととか考えてほしい。湖の底はミスリルの鎧でいっぱいである。

（やめた！）

ニムエは決断した。もう鎧を取り換えるのはやめよう。逸話は今日で終わりだ。自分の存在性が低下するかもしれないが、そんなことは知ったことではない。強欲な人間に付き合っていたら、こちらが先に力尽きてしまう。

そういう訳で、ニムエは投げ入れられた鎧を無視することにした。

「トラオさん！　ニムエさんが出てこなくなったんですけど？」

しばらくして、騎士ふうの男が大森林のほうに向かって呼びかけた。

それに応じて、森林の中から出てきたのは、最初に鎧を受け取った男だった。

（あいつが諸悪の根源か）

「想定内だよ。ドミニク、例のものを湖に撒いて」

トラオと呼ばれた男は、森林の中からフードを被った女の子を呼び寄せた。三人目くらいに鎧を受け取った子だった。

「……本当にやるんですか？」

女の子はおずおずと尋ねた。

「うん。ちょっとニムエ様に元気になってもらうだけだから」

そう言われた女の子は、懐から紫色の液体が入った瓶を取り出すと、中の液体を湖へと流し始めた。

（何だろう、あれは？）

不思議に思っていると、その紫の液体は薄く湖に広まっていき、ニムエのところまで到達した。

（これは！）

ニムエはその味を知っていた。妖精をも刺激するこの感覚。

ブラック・ロータス。妖精の嗜好品として知られる植物で、ニムエの大好物でもあった。

『そこの人間！』

ニムエはトラオたちの元に姿を現した。ついでに妖精の鎧を騎士ふうの男に投げつけた。

『今湖に流した液体は何ですか⁉』

久しぶりのブラック・ロータスの味に、ニムエは興奮していた。

「ブラック・ロータスから抽出した成分を液体化させたものでございます」

トラオは恭しく答えた。隣のドミニクはひたすら畏まっている。

『やはりそうですか。お前はそれをあと何本持っています？』

「十本はあるかと」

トラオから目線で促されたドミニクが、懐から何本かの瓶を取り出して見せた。

『いいでしょう。鎧はすべて取り換えます。その代わり、その瓶をすべて寄こしなさい』

「畏まりました」

トラオが大森林のほうへ向かって合図すると、人間たちがぞろぞろと出てきた。その数は五十人くらいだろうか。

ニムエは若干たじろいだが、大好きなブラック・ロータスのためならと腹を決めた。

さらに何時間か経って、ニムエはようやくすべての鎧を取り換え終わった。

逸話もへったくれもなく、ただの流れ作業だった。聞けば鎧は全部で百体あったという。

いい加減にしてほしい。物事には限度というものがある。

疲労困憊のニムエだったが、手元にはブラック・ロータスから抽出された原液とかいう瓶が十本あり、大変満足だった。妖精はブラック・ロータスの花についた露に目がないのだが、この原液というのはその比ではないくらい甘露（かんろ）だった。

「ところでニムエ様、ひとつご相談があるのですが」

トラオがニムエの傍に寄ってきた。

「この娘に加護を授けて頂けないかと」

トラオが一緒に連れてきたのは、リリスという女の子だった。見たところ、まあまあの神職者といったところか。彼女は恐縮している様子だった。

『立ち去りなさい、人間。アタシはあなたが嫌いです』

瓶をもらったのだから、もうこの男には用はない。

「左様ですか。ところでニムエ様、ブラック・ロータスなのですが、この湖でも栽培することができまして」

『なにっ？』

その言葉は聞き捨てならなかった。

「わたくしどもは諸事情により、ブラック・ロータスを様々な場所で栽培できるよう、品種改良を進めておりまして、恐らくこの湖でも育成できるものもあるのではないかと。ご興味はおありですか？」

あるも何も、この瓶に入ったブラック・ロータスの原液は有限だが、湖に自生してくれれば、無限に楽しむことができる。

『……いいでしょう。その娘に加護を与えます』

ニムエはリリスを包み込めるように抱きしめ、そっと精霊の加護を与えた。

リリスは世界との親和性が高まり、より神の気配が身近なものとなったことを感じた。

これならば、癒やしの力は今までとは比べ物にならないものになったであろう。

「ありがとうございます、ニムエ様」

リリスは涙を流して、ニムエに感謝の言葉を述べた。ニムエにとってはどうでもよかった。

その後、トラオは約束通り、湖でブラック・ロータスの栽培を行った。それは上手くいき、湖はまさに精霊たちの楽園となった。

後年、ブラック・ロータスは公的に危険植物として指定され、栽培を禁じられた。

ニムエの住まう湖は法的に立ち入りを禁止され、ニムエは望み通り人と関わることなく、静かに時を過ごすことができるようになった。

第11話　獣王ライガ

トラオが集めた何百といた魔王討伐に志願した者たちは、妖精の湖に行く過程で次々と脱落し、今は百人を少し超える程度の選ばれた者たちだけが残っている。

これがトラオの組織した勇者部隊となった。

用意した伝説級の剣と盾と鎧は、前衛職に優先的に支給され、その装備は盤石といえる。

トラオとリオもその装備を身に着ける予定だ。

「さて、後は時を待つだけだ」

密かに用意した場所で勇者部隊の訓練を進めながら、トラオは言った。

「時、ですか?」

その言葉を聞いて、リオが尋ねた。

「うん、時だよ。それはまもなくやってくる」

―

この少し前、魔王軍では四天王がようやく解放され、各々の持ち場へと戻っていた。

猜疑心の強いバストゥーザに、四天王たちはうんざりしていたが、かと言って逆らう訳にもいかず、彼らはその怒りを人間たちにぶつけようと考えていた。

しかし、持ち場に戻ってみると、部下たちは紫色のポーションに夢中になっており、まともに働こうとしない。何人か見せしめに殺してみたが、ポーションの作用で部下たちの精神が興奮状態にあるため、恐怖による支配が効かなかった。

（そんなにこのポーションはいいものなのだろうか？）

四天王の一人、獣王ライガはふとポーションに興味を持った。虎族の獣人であるライガは、獣らしく理性より本能に忠実なタイプであり、自らの好奇心に抗えなかった。

人間よりも一回り大きい虎族においても、巨漢で気の短いライガを止める者など誰もいない。

ライガは殺した部下から奪ったポーションを一息に飲み込んでみたが、多少の高揚は覚えたものの、大して効かなかった。

強力な耐性を持つライガには、魔物用とはいえ、そのポーションではあまり効力を持たなかったのだ。

「ふん、くだらぬわ、こんなもの」

軽い失望感を覚えたライガは、ポーションが入っていた瓶を握り潰した。

すると同じ虎族の側近の一人が進み出てきた。

「ライガ様、ではこちらをお試しになられてはいかがかと」

側近が手にしていたのは、もっと紫色が深いポーションだった。トラオが妖精の湖で使用した原液のものである。

「何だ、それは？」

「ポーションを売っていた商人が『ライガ様がポーションにご興味を持たれたら、お渡しください』と持ってきたものです」

この側近は重度のポーション使用者だった。トラオはそこに付け込んで、ライガ用に原液のポーションをあらかじめ渡していたのだ。

「貸してみろ」

ライガはポーションを奪い取ると、蓋を開けてにおいを嗅いだ。

独特のにおいはするが毒ではなさそうだ。

そして、一気にあおった。

「むっ……」

今までに感じたことのない高揚感が、ライガの身体にみなぎった。

「こいつは悪くないな」

最近、魔王や部下たちに感じていたモヤモヤが、一気に消し飛ぶような感覚だった。

「おい、このポーションはもっとあるのか?」

側近に問いかけた。

「はっ、ライガ様がご入り用ならば、いくらでも用意すると商人は言っておりました」

「ありったけ持ってくるように伝えておけ」

そう言うと、ライガは久しぶりに味わった得も言われぬ満足感に身を委ねた。


――


魔王バストゥーザは苛立っていた。

四天王を持ち場に戻したものの、侵攻がまったく進んでいない。

聞けば紫色のポーションなるものが流行っていて、魔物たちはそれに夢中でまともに働かなくなっているという。

「愚か者どもが!」

魔王は絶対権力者である。そのような怪しげなポーション如(ごと)きに、世界征服の野望を妨げられるなどあってはならなかった。

そこで魔王はポーション禁止令を出した。紫色のポーションを使った者、持っていた者、他人に譲った者は容赦なく死罪に処すと発表した。

さらに物理的にポーションを使用できない死霊系・精霊系の魔物からなる取り締まり部隊を設立し、軍規の徹底を図った。

「これで問題ないだろう」

バストゥーザはこのときそう思った。あるいはベッケルが生きていれば、何らかの助言を行ったかもしれないが、今のバストゥーザに助言できる者など周囲にはいなかった。

バストゥーザの命令の効果は絶大だった。悪い意味で。

中毒となっていた魔物たちからは猛反発をくらい、取り締まり部隊との抗争が発生。あちこちで激しい戦闘が繰り広げられた。

軍のトップである四天王がポーションに手を出していない地域はまだマシであった。取り締まる側が優勢だったからだ。

自らポーションを使っていた獣王ライガは命令に反発し、差し向けられた取り締まり部隊を全滅させてしまったのだ。

もはや言い訳が効かない状態になってしまったライガだったが、精神が高揚状態にあるため、特に気にしたふうもない。

しかも、この頃になるとトラオが堂々とライガの元を訪れて、ポーションを渡すようになっていた。

そのトラオが囁いた。

「ライガ様、わたくしどもの工場が魔王様の手の者によって破壊されており、ポーションの供給が危ぶまれています」

「何だとっ！」

トラオの言葉の前半に嘘はない。工場の何か所かが、取り締まり部隊の強襲を受けて破壊されている。ただし、工場は世界各地に分散させているため、全体としてのダメージは少なかった。もっとも、トラオはこの商売を続ける気はなかったのだが。

「ライガ様のような寛大な方が魔王であれば、今後もいい関係が築けたと思うのですが、私は無念でなりません……」

そう言いながら、トラオはうなだれてみせた。

「あんな奴が魔王だから駄目なんだ！　あんな奴が……」

ライガがぶつぶつ呟き始めた。その眼の焦点が合っていない。

「そうです、ライガ様！　魔王が悪いのです！　今こそライガ様が魔王になられるべきなのです！」

周囲の側近たちも反乱を唆すようなことを言い始めた。彼らは漏れなくポーションの中毒者である。ポーションのない生活など、彼らには考えられなかった。

ちなみにポーションを使用しなかった心ある側近たちは、トラオによって秘密裏に処理されている。もはや、ライガを止める者はいなかった。

「よし！　俺が魔王になる！　全軍、魔王領に戻るぞ！　魔人どもの数は少ない！　今が好機だ！」

ライガが号令をかけ、側近たちも部下たちもそれを支持した。

「さすがライガ様、微力ながらわたくしどもも支援させて頂きます」

トラオは武器・防具をライガ率いる獣王軍に援助し、その戦力を後押しした。

——

反乱を起こしたライガ率いる獣王軍は、あっという間に魔王領へと侵入した。魔王領への道を阻む者はまったくいなかった。他の四天王の軍はポーション中毒者たちの内乱に手こずっており、とても対応できる状態ではなかったのだ。

さすがに魔王領では待ち構えていた魔王軍と戦闘になった。

魔物たちを総動員した魔王軍は、数の上で獣王軍を圧倒していたが、装備が充実し、ポーションの効果によって士気が異様なまでに高まっている獣王軍がこれを打ち破ることに成功した。

そして今、獣王軍は魔王城へと突入し、城を守る魔人族たちと激しい戦いを繰り広げている。

通常であれば獣人よりも魔人のほうが強いのだが、今は魔人の数が少なく、獣人たちの装備が妙に充実していることもあって、戦いは獣人優勢だった。

しかも、ベッケルを失った今、魔人族には有力な戦士がいない。魔王以外にライガを止められる者などいなかった。

とうとう、ライガ率いる獣人の戦士たちは、魔王のいる玉座の間へと突入した。

六つの眼、六つの腕を持つ魔王バストゥーザがライガを糾弾(きゅうだん)した。

「やはり貴様が裏切者だったか、ライガ！」

「何言ってやがる！　てめぇのせいで、こんなことになったんじゃねぇか！」

二人の言っていることは噛み合わない。そもそも言葉は何の意味も持たなかった。

次の瞬間、ライガがバストゥーザに襲いかかった。

バストゥーザは黒い波動を放って、ライガを弾き飛ばす。

「ちっ！　お前ら囲め！」

即座に態勢を整えたライガが部下たちに命令を下した。ドミニクによって『狂化(きょうか)』の効果まで付与されたポーションを服用した獣人たちは、恐れを持たずにバストゥーザを取り囲んだ。

「雑魚(ざこ)がっ！」

バストゥーザが手に持った杖を一本振るうと、黒い炎が巻き起こり、周囲を取り囲んだ獣人たちを覆った。

一瞬で灰と化す獣人たち。だが、ライガはその炎を強引に突破すると、バストゥーザの元へと飛び込んだ。

「オラァァァァッ!!」

あと少しでその剣がバストゥーザに届こうかというところで、ライガの胸を槍が貫いた。

バストゥーザの六本の腕が持つ武器のひとつだった。強力な雷属性を持つ槍であり、その電撃によってライガは絶命していた。

「愚か者が」

バストゥーザは黒い炎でライガの身体を炭も残さず焼き尽くした。

第12話　勇者部隊

ライガに留守を任された山羊族の長であるゴードンは、獣王軍の中にあって穏健派だった。紫色のポーションに対しても寛容な姿勢を取っていたため、トラオに排除されることもなかった。

ゴードンは獣人の中では理知的なことで知られていたが、表立ってライガの反乱を押し留めるようなことはしていない。ただ、反乱が失敗することを予見していたので、留守番役を自ら買って出て、反乱軍には参加しなかったのだ。

すでにライガの反乱を魔王に密告済みである。魔王に忠誠を示すことで、あわよくばライガの後釜に座ろうと目論んでいた。

「まったく虎族は単細胞揃いで愚かなことだ」

思わぬ形で獣王の座が見えたゴードンは、ライガのことを嘲笑っていた。

人間側にしても、守りを固めるのに精いっぱいで、ライガがいなくなってもすぐに攻めてくることはないだろうと高を括っている。今のところ、自分を脅かす者はいない。

しかし、そんなゴードンにもひとつ懸念がある。

それは魔王軍全体を覆う弛緩した雰囲気であった。

「ポーションひとつで、こんなにも魔物たちが堕落するとは……」

ライガが拠点としていた城から、外の様子を見たゴードンは、そこから見える魔物たちの様子に不安を抱いていた。

今残っているのは、ゴードンの直属の配下である山羊族の獣人たちばかりである。

しかし、彼らもまた紫色のポーションの中毒者であった。城の守りにつかせているにも関わらず、堂々とポーションを使って、享楽にふけっていた。中には寝ている者まで見受けられる。とても役目を果たせるとは思えない。

ゴードンは寛容さを示すことで他の獣人たちの支持を得てきたので、ポーションの使用を禁止することはできなかった。自身もポーションを試してみたが、高位の魔物であったために耐性があり、中毒になるまでには至っていない。ただ、ポーションの持つ高揚感を多少は実感することで、その効果に危惧を抱いていた。

（できれば、使用を禁じたいのだが……）

それが中毒者たちからの反発を招くことはわかり切っていた。

他の四天王が支配する地域では、取り締まり部隊と中毒者たちとの間で激しい戦闘が起こり、内紛状態となっている。四天王のライガ自身が中毒者であったこの地域が、最も安定しているのは皮肉な結果だった。

そのライガは魔王に反旗を翻（ひるがえ）した。もう魔王軍は滅茶苦茶である。

魔王軍による侵攻がある程度進んでいたため、消耗している人間側からの反撃はしばらくはないはずだ。かといって魔王軍も弱体化が著（いちじる）しく、これ以上支配地域を広げるのは難しいだろう。

この混乱に乗じて、自分の地位を向上させようとしているゴードンだが、魔王軍自体のこの先の展望が見えない。

（どうにかして、このポーションの供給源を止めなければ、我々に未来はない）

そうは思ったものの、部下は中毒者ばかりでポーションを潰す作戦には協力しないだろう。他にも、この城に出入りし、直接ライガにポーションを渡していた商人の存在が気になった。

（ライガに反乱を唆（そそのか）していたようだし、もしかして、あいつがすべての黒幕だったのではないだろうか？　あの商人だけであれば、自分一人でも倒せるか？）

ただ、その商人もしばらくこの城に顔を出していない。ライガに付いていったか、それとも別の目的があって動いているか……

「やあ、ゴードンさん」

突然、背後から声をかけられた。そこには例の商人が立っていた。

「何だ、貴様は？　どこから入った？」

ゴードンは慌てふためいた。

いたのは商人だけではない。その後ろには、鎧に身を固め、盾と剣で武装した人間の戦士たちが何人も並んでいた。

「どこから、って、城の正門から堂々と入りましたよ？　ポーションをあげれば、門番の方々は喜んで通してくれますし」

（そこまで規律が緩んでいたのか！）

部下たちのあまりの体たらくにゴードンは頭を抱えた。もはや、魔王軍は組織として機能していない。

「……それでお前は何しにここへ来た？　ライガ様を支援するのではなかったのか？」

「嫌だな、ゴードンさんは。知っていますよ？　ライガ様を裏切って、魔王に反乱を密告したんでしょう？　部下の方が教えてくれましたよ？」

ゴードンは愕然とした。密告の件は信頼している部下たちしか知らないことだった。その部下たちですら、この商人に抱き込まれていたとは。一体、魔王軍はどうなっているのだ？

「だとしたら、どうする？　ライガ様はすでに魔王領に向かった後だ。今さら、私を糾弾しようとしたところで無駄なことだぞ？」

「糾弾？　そんな無駄なことはしませんよ」

トラオはにこやかな笑みを浮かべている。ゴードンはその笑みに不穏なものを感じた。

「ならば何をしにきた！」

穏健なことで知られるゴードンがついに怒りを露わにし、そばに置いてあった得物の巨大な斧を手に取った。

「私は商人でしてね。どんなものにも使い道があると思っているんですよ」

魔王軍の幹部であるゴードンの怒気を受けても、トラオは笑みを崩さなかった。

「ゴードンさんには、我々勇者部隊の実戦演習の相手という役割がふさわしいのではないかと考えておりまして」

「勇者部隊だと？　何を言っているんだ、お前は？　人間如きが獣王軍の幹部である自分に勝てると思っているのか？」

　そうは言ったものの、ゴードンは商人が連れている戦士たちの装備が気になった。

（何だ、あの装備は？　ただの武器や防具ではない？　まさか加護が付与されているのか？）

　信じ難いことだった。加護が付与された強力な装備などそうそうあるものではなく、それをいくつも用意できるはずがない。

「勝つだけなら、先ほど不意をつけば倒せていましたよ？　正面から戦わないと今回は意味がないので」

　トラオは右手を挙げた。

「じゃあ、手筈通り戦ってもらおうかな？　相手は魔王軍の幹部だから気を付けてね」

　その言葉は後ろに控えていた戦士たちにかけたものだった。彼らはトラオが組織した勇者部隊の精鋭たちである。

　戦士たちは一斉にトラオの前に出た。

「ガアアアッ！」

　ゴードンが吠えた。相手を威嚇すると同時に、部下を呼び寄せる効果を期待したものだ。

「ああ、部下の方々なら多分もういませんよ？　今頃は城内の制圧が完了しているはずですから」

トラオがあっさりとゴードンの希望を打ち砕いた。

ゴードンは城の外に目をやった。先ほどまでポーションに耽(ふけ)っていた山羊族の獣人たちが倒れている。近くには、目の前の戦士たちと同じ武装をしている人間たちの姿があった。

「あまり簡単に倒れてしまうと演習にならないので、頑張ってくださいね？」

トラオのその言葉には優しさすら感じられた。

――

ライガが魔王領に向かった直後のタイミングで、トラオ率いる勇者部隊が動き出した。

トラオも魔王領に向かうつもりだが、後方の安全確保のために、まずは獣王軍が支配していた地域の開放を試みたのだ。

ライガが勇者部隊の動きに気付いても、反乱を起こした以上は戻ってこられないという読みもある。

残っていた獣王軍は少なく、ポーションの中毒者ばかりであった。そのため、残っていたポーションに睡眠薬を混ぜて、ばら撒くことで無力化し、あっさり全滅させることに成功した。

「戦いが楽に済むに越したことはないのだろうが……」

「こういう不意打ちはちょっと……」

「勇者を名乗るには手口が卑劣過ぎるような……」

勇者部隊のメンバーからは、トラオのえげつないやり口に疑問を呈する声も上がったが、

「対等な条件をお望みなら、一対一で魔王軍の幹部と戦ってみますか？　こちらで用意はしますよ？」

とトラオに言われると黙った。

魔王軍の幹部であったゴードンは苦戦することなく倒せたが、それでも一人で倒すことが困難だったことぐらい参加した者たちはわかっていた。

こうして後顧の憂いを絶った勇者部隊は、魔王領へ向けて出発した。

第13話　決戦

勇者部隊は魔王領を難なく進んでいた。

獣王軍が進軍した後なので、組織立って邪魔する魔物たちがいなかったのだ。

それでもさすが魔王領だけあって強力な魔物たちが出現したが、妖精の森での戦いの経験と伝説級の装備のおかげで簡単に倒すことができた。

「何かこう、想像していた魔王討伐とは違うね。人数もすごく多いし」

リリスがドミニクに囁いた。

「そうだね。金の牙の人たちの時みたいに途中で激しい戦いになると思っていたけど、獣王軍が全部やっちゃったみたいだね。これも先輩の計算の内なんだろうけど」

ドミニクはトラオの先見の明に舌を巻いていた。あの失敗作のポーションから、ここまでの状況を作れるとは、まったく思っていなかったのだ。

魔王の城が見えたところで、勇者部隊はようやく魔物の大群と遭遇した。

ライガの反乱の鎮圧のために召集を受けたが、遠方だったため、遅れて到着した魔物たちである。

「何でこんなところに人間がいる？」

魔物たちを率いていた魔人は、魔王領を堂々と進んでいた勇者部隊に驚いた。

彼らは獣王軍を倒すために魔王の城へ向かっていたのであって、人間がいるとは想定していなかったのだ。

「じゃあ、魔王と戦う前の肩慣らしといこうか？」

一方、遭遇戦を予期していたトラオは魔物たちを発見するなり、早々に攻撃体勢に入った。

「まずは魔法で攻撃」

ドミニク率いる魔法使いたちが一斉に魔法を撃ち始めた。

先制攻撃と相手の足止めを兼ねて、唱えた呪文は雷系で統一されている。

特に神の加護を得たドミニクの呪文は強力であり、敵全体にかなりのダメージを与えていた。

「次に補助魔法」

ドミニクたちが魔法を撃っている間に、リリスを中心とした僧侶たちが、戦士たちに補助魔法をかけていた。

妖精の加護によって、リリスは上級の補助魔法を唱えることが可能になっており、それは戦士たちの能力を大幅に向上させた。

「じゃあ、突撃しようか」

準備万端となった戦士たちは、雷の魔法によって混乱している魔物たちの群れに斬り込んだ。

先陣を切ったのはリオ。

若い女性ということで、当初は他の戦士たちから侮られていたリオだが、妖精の森やゴードンとの戦いで、その実力を遺憾なく発揮し、今では戦士グループのリーダー格となっている。

リオは魔物を統率していた褐色の魔人に斬りかかった。魔人は人間の男よりも一回り大きく、リオの倍はあろうかという体格だ。

「人間如きが！」

先端が三つに分かれた槍を振るって、魔人が応戦する。

その魔人は決して弱くはなかった。残っている魔人の中では上位の部類に入るだろう。

だが、リオの素早い動きに翻弄された。

リオはもともと素早さを長所とした戦士だったが、レベルアップとクサナギ神の加護を経て、その動きは常人の目では追えないスピードにまで達している。

しかも、最高ランクの装備を得たことによって、ウィークポイントであった攻撃力・守備力が補われ、戦士としての実力は世界でもトップクラスのものとなっていた。

魔人はあっという間に劣勢に追い込まれ、槍で攻撃を防ごうとしたところを、槍ごと身体を斬られた。

「……何だ、その剣は？」

斬られた魔人は、驚愕の表情を浮かべて絶命した。

クサナギ神の剣は破邪の力を有し、特に魔人たちに対して有効だったのだ。

この間に他の魔物たちも勇者部隊の戦士たちに蹂躙され、一匹残らず全滅させられた。

「うん、訓練通り上手くできているね。次が本番だから、気を抜かないようにね」

トラオの言葉に、勇者部隊のメンバーたちは頷いた。

―――

魔物の群れを倒したトラオたちは、その後は特に抵抗らしい抵抗もなく、魔王の城に到着した。

獣王軍と魔王軍の激しい戦いの直後で、あちこちに獣人と魔人が倒れており、生き残っている者は少ない。

その数少ない生き残りを、勇者部隊は容赦なく倒した。

「後腐れのないようにね」

そう言って、トラオは自分が唆した獣人たちの一人を斬った。トラオの冷徹な面が垣間見える。

そのまま、場内に残る獣人と魔人を丁寧に掃討した後、魔王がいると思われる玉座の間の扉にやってきた。

「残すは魔王のみか……」

引き連れてきた勇者部隊の一人が感慨深く言った。

まさか本当に城内の魔物たちを全滅させ、万全の態勢で魔王との戦いに臨めるとは、トラオ以外の誰も想像していなかった。

「魔王を倒すんだから、邪魔が入らないようにしてから挑むのは当然だよ」

当たり前のようにトラオは言った。

そして、扉に手を押し当てて開け放った。

「何者だ、お前たちは？」

そこにいた魔王は今まで見たどの神よりも巨大で、禍々しいオーラを放っていた。

眼が六つ、腕も六本あり、それぞれの腕に別々の武器を持っている。

未だかつてない恐怖が魔王を襲った。

（なぜ、私を討ちにくる者がそんなに大勢いる？　しかも、全員が伝説の武器と防具を装備しているだと？　どうなっている？　おかしいだろう！）

魔王を倒す人間の勇者の英雄譚は、今までにいくつも語り継がれている。そのすべてが四人程度の勇者パーティーが魔王を討つというものだった。それが伝説であり逸話だった。

バストゥーザも自分を倒す者が現れるのであれば、そういった形になるのだと思っていた。無論、敗北するつもりは毛頭なかったのだが。

ところが目の前には、想定の二十倍を超える人数が押し寄せている。しかも全員が完璧な装備を揃えていた。おまけに自分の部下は誰も残っていない。

こうなる前に自ら出るべきであったかと後悔がよぎる。だが、この魔王の間こそ、バストゥーザが最も力を発揮でき、敵を迎え撃つにはうってつけの場所であった。

　今さら、自分の判断を嘆いても遅い。こうなった以上、目の前の人間たちを全滅させる他ない。しかし……


「くっ、かかってくるがいい。貴様らに絶望を教えてやろう！」

　一応、そうは言ってみたものの、バストゥーザのほうが絶望的である。

　バストゥーザが六本の腕を構えた。そのうち二本の腕は異なる杖を持っており、ふたつ同時に魔法を詠唱することができる。その二本の杖が魔力を帯びた。

「魔王に魔法は通じない。魔法使いたちは魔法防御に全力を尽くしてくれ」

　前もってトラオが指示を出していたので、ドミニクを中心とした十人ほどの魔法使いたちが、全力で魔法障壁（しょうへき）を展開する。

「死ねっ！」

　バストゥーザが黒炎（こくえん）と黒雷（こくらい）を同時に発動させた。強力なその魔法はいくらか魔法障壁を貫いたが、勇者部隊が装備している盾によって完全に防がれてしまった。

「馬鹿げている！　こんな馬鹿なことはない！」

　バストゥーザが叫んだ。防御に専念する魔法使いが十人もいることがおかしいのだ。

しかも、全員があの女神の盾を装備している。これではいくら魔法を撃っても効くはずがなかった。

今度は十人ほどの人間の戦士たちがじりじりと距離を詰めてきた。用心深く慎重に。

「鬱陶しい！」

バストゥーザは剣、斧、槍、鎌をそれぞれ持った四本の腕で攻撃を加える。

すると戦士たちはすぐに間合いを外して逃げていった。真正面から戦う気がないようだ。

だが、その隙に別のグループの戦士たちが側面に回り込む動きを見せた。

「こざかしいわ！」

そのグループにもバストゥーザは攻撃を仕掛けるが、あっさりと攻撃範囲から逃れていく。

そしてさらに別の戦士のグループが死角を突こうと、バストゥーザに接近を図った。

（キリがない）

戦士は十人ずつ三グループに分かれ、こちらの攻撃範囲ギリギリを狙って、接近を試みるつもりのようだ。

しかも、相手の戦士たちはまだ大勢いる。恐らく負傷するか疲れたところで入れ替わるのだろう。

バストゥーザとて馬鹿ではない。いや、馬鹿では魔王は務まらない。相手の意図ぐらい読み取れる。だが、読み取ったところで、どうにもならない状況に追い込まれていた。

相手は慎重に動くので、思うようにダメージが与えられない。与えたところで十人はいる僧侶たちが、すぐに回復呪文を飛ばしてくる。呪文が間に合わなければ、他の人間が惜しげもなく回復アイテムを使ってくる。

(自分は一体何と戦っているのだ?)

バストゥーザは、蟻の大群に身体を蝕まれるような錯覚を覚えた。戦っている手ごたえがない。自分だけがじわじわと削られていくのだ。


時間だけが過ぎていく。勇者部隊は戦士のグループを入れ替えることで、間断なく戦闘を仕掛けていく。

バストゥーザは驚異的な体力を持っているが、それでも体力と共に精神も削られ、次第に動きが緩慢になっていった。傷も小さいものが少しずつ増えていく。

そしてとうとう、その時が訪れた。


「やぁぁぁっ!!」

裂帛の気合の声と共に、リオがバストゥーザの斧を持っていた腕を斬り落とした。

武芸の神クサナギの加護を受けたリオは、常に戦士たちをリードする中心的な役割を果たしていた。

「くっ！」

(このままでは均衡が崩れてしまう。せめてこの赤髪の娘だけでも仕留めなければ！)

そう考えたバストゥーザが六つの眼を光らせて、即死の呪いを発動。リオの命を狙ったが、妖精の鎧の加護でその効果を防がれてしまった。

「ふざけるなぁっ！」

バストゥーザは相手の理不尽な防御力に怒り狂い、なりふり構わず、鎌を振るった。この鎌には相手の防御を無視して、直接ダメージを与える能力が備わっている。

盾で防ごうとしたリオだったが、バストゥーザが能力を発動させて、鎌は不可視の刃となり、リオの身体を斬り裂いた。

バストゥーザは確かな手ごたえを感じた。だが、

「神の癒やしを！」

僧侶たちの中でも一際強い力を持つリリスが、すぐさま回復魔法を発動。一瞬でダメージをなかったものにしてしまう。

「今のは致命傷だぞ？　回復魔法にも限度というものがあるだろうが！」

バストゥーザが叫んだ。魂の叫びだった。

戦士たちの後方に控えているリリスを睨んだが、力を及ぼすには間合いが遠すぎる。

「鎌に気を付けろ！　盾を無視してダメージを与えてくるぞ！」

トラオが全員に指示を出す。

「こんな馬鹿げた話があるかっ！」

バストゥーザはリリスを狙って、ふたつの魔法を発動させたが、途中で展開された魔法障壁によってことごとく防がれてしまう。フードを被った娘の魔法障壁が強力なのだ。

「そこまでの力を持っていながら、なぜこの人数を揃えたっ！」

さらに一本の腕を斬り落とされ、バストゥーザは咆哮した。あまりにも戦力差があり過ぎた。戦士、僧侶、魔法使いの三人の娘がいれば、十分に戦えたはずだ。バストゥーザにだって勝機はあった。こんな人数を揃える必要がどこにある？

「博打は嫌いなんですよ」

背後から男の声が聞こえた。

それと同時に、バストゥーザは背中を斬られる感触を覚えた。

「……お前は……誰だ……」

その声の主こそが、すべての黒幕であることを確信したバストゥーザは振り向こうとした。

だが、そこに戦士たちが殺到し、容赦ない攻撃を加える。

「商人です。ただの」

その声が届いたのかどうか。身体中を切り刻まれたバストゥーザはついに息絶えた。

倒れた魔王は入念にとどめが刺され、魔王討伐は成った。

歓声を上げる勇者部隊のメンバーたち。

しかし、トラオだけはいつもの愛想のいい表情を消して、ただ右手を固く握りしめていた。

「先輩」

リオがトラオに声をかけた。

「もし、私たちじゃなくて、ブルーリングのパーティーで魔王を倒そうとした場合、同じ手段を取ったんですか？」

「……いや」

トラオはリオから目を逸らした。

「四人だけで倒すつもりだったよ」

第14話　死霊王ネクロス

魔王討伐の報は、すぐに世界中に知らされた。

各国の王たちは勇者部隊を結成したトラオを褒め称え、褒賞を約束した。

それに対して、トラオは勇者らしい謙虚な態度は一切取らず、何の遠慮もなく金や利権を求めた。

曰く「金貨百万枚」「各種鉱山の権益」「港湾の半永久的な利用権」「トラオ商会に対する税金の免除」等々、非常に現実的で厄介な報酬を提示したのである。

その一方で領土や爵位などには一切興味を示さなかったため、安価に報酬を与えたかった王たちは辟易した。


また、魔王は討伐されたものの、未だ魔王軍四天王の二人は健在だった。

ポーション中毒者との内紛で戦力は弱体化しているとはいえ、四天王に対抗できるだけの戦力を保持している国はない。

国同士で連合を組めば倒せる可能性もあるが、その場合、かなり大きな被害を受けることが予想された。

そこで王たちはトラオの勇者部隊に四天王の討伐依頼をすることにしたのだが、ここでも一悶着（ひともんちゃく）起きた。

トラオが高額な報酬を要求したのだ。

――

「四天王一人に対して金貨十万枚だと！　それは法外すぎる金額だ！」

各国の王たちから要請を受けて、トラオとの交渉に臨んだ冒険者ギルドの代表は、勇者部隊が留まっている魔王領へと出向いていた。

そして、あまりにも高い報酬を要求するトラオに苦言を呈した。

「法外？　どこが法外なのですか？」

対するトラオは平然としている。

「いくら四天王が強敵とはいえ、出せても金貨五万枚がいいところだ！　十万枚も出せるはずがない！　大体、トラオさんは魔王を倒しているのですから、四天王など簡単に討伐できるでしょう？　魔王を討伐した報酬もあるのだし、そんなに欲張らなくても……」

「労働に対する正当な報酬を要求しているだけです。現在のように競合相手がいない状態では、報酬金額が上がるのも当然でしょう。別にいいんですよ？　断っても」

トラオの言う通り、四天王の討伐のような、超高難易度な依頼を引き受けてくれる冒険者など他にいない。

そういう依頼をこなせたSランクの冒険者たちは、魔王討伐チームとして戦い、全滅してしまっているのだ。

「そもそも、魔王討伐に際して莫大な経費がかかっています。金貨百万枚でも足りてないんですよ？」

「そんな馬鹿な！　金貨百万枚を超える費用なんて、国を運営している訳でもなければ、かかるはずがない！」

ギルドの代表は、トラオの言葉を駆け引きと捉えて本気にしていない。

その顔を見て、トラオはすっと一枚の紙を差し出した。

「これが魔王討伐にかかった経費の一覧です。取引先も明記していますので、お疑いなら問い合わせてください」

「経費の一覧って、せいぜい装備とかアイテムにかかったお金くらいでしょう？」

そう言って、差し出された紙を見たギルドの代表は顔を強張らせた。

「剣百本分のオリハルコンの代金、クサナギ神の社の建て直し費用、クサナギ神の社までの道の整備費、クサナギ神の石像の作成費、美術コンクールの運営費用、アイギス美術館の建設費用、海底に潜るための秘薬四錠の代金、二百人分の妖精の森の遠征費用、最高品質のミスリルの鎧百領の代金、その他雑費等々……」

読み進むにつれて、代表の顔はどんどん青ざめていった。

トラオのやってきたことは、国家事業レベルのことばかりである。とても一個人で賄ったとは思えない金額だ。

確かに金貨百万枚ではまったく足りていない。しかもご丁寧になぜ必要だったか理由まで書いてあるので、反論が難しい。

「わかって頂けましたか？　私もその費用を集めるために、だいぶ無理をしているんです。何とか報酬を工面してもらえませんかね？　もちろん、必要経費は別で」

トラオは人のよさそうな愛想笑いを浮かべた。

確かにトラオは費用を集めるために無理をした。倫理的な意味合いで。

しかし、この場合の「無理」という言葉は通常、借金のことを意味する。

もちろん、ギルドの代表も借金のことだと解釈した。

「いや、しかし、これは……予算が……」

「これも世界平和のためと思って、何とかなりませんかね？　私も魔王討伐を果たしたにも関わらず、破産するかもしれないんですよ？」

かもしれない、と言っているのでギリギリ嘘ではない。

だが、クサナギ神の社に関しては利権を握っており、アイギス美術館の経営権も持っているので、ちゃんと将来的なリターンは確保している。

そもそも、費用自体は紫色のポーションを売った金で賄ったので、借金は一切ない。

しかも金を支払った魔物たちは一掃され、死人に口なし状態である。

ポーションの製造工場や流通ルートに関しても、徹底した証拠隠滅を終えている。

関係者には十分な口止め料を渡した上で、秘密を洩らした場合の暴力的な報復をにおわせていた。

関係者たちはトラオたちのことを、世界的な犯罪組織か何かだと思い込んでいたので、身の危険を恐れ、紫色のポーションのことを口外するつもりはない。

もっとも口外したところで、トラオたちは正体を隠して活動していたので、紫色のポーションとトラオを結び付ける証拠はなかった。

そういう訳で、ギルドの代表はトラオが借金をしていると思い込み、できるだけの配慮をすると約束して、一旦話を持ち帰った。

数日後、再び訪ねてきたギルドの代表は、トラオの要求通り四天王一人に対して金貨十万枚、合わせて二十万枚を支払うと約束し、前払い金として金貨十万枚を渡した。

さらにかかった必要経費は別途精算するという契約も取り交わした。

トラオはにこやかにギルドの代表の労をねぎらい、すぐにでも四天王たちを討伐すると約束した。

トラオの近くにいたガーネットの三人は、多少悪どくとも活き活きとしているトラオの姿を見て安心していた。

魔王討伐後、しばらくトラオに元気がないように見えたからだ。

こうして、勇者部隊による残った四天王の討伐が決定した。

――

魔王軍四天王の一人、死霊王ネクロスは進退窮まっていた。

魔王が討伐された今、すぐにでも魔王領へと戻りたかったのだが、そこにはトラオ率いる勇者部隊が居座っている。

戻れば戦いになることは目に見えていた。

ネクロスはリッチである。元は人間だったが魔法を極めるためにアンデッドとなり、長い年月を経て、死霊魔術を極めていた。

漆黒のフード付きマントを装ったネクロスの姿は一見人間と変わりないが、その中を見れば骨と皮膚だけの恐ろしい姿をしていた。当然、直属の配下もグールやスケルトンといったアンデッドで構成されている。

ネクロスの支配地域には、もともとは様々な種類の魔物たちからなる混成部隊も配置されていた。しかし、紫色のポーションを巡って内紛を起こしたので、ネクロスの手によって混成部隊は全滅させられていた。

結果、ネクロスの率いている軍勢も数を減らし、かなり弱体化している。

人間の国に攻め込んだところで戦線を拡大するだけの余力はなく、このままではいつか勢力を取り戻した人間たちによって滅ぼされる可能性が高い。

四天王のもう一人、竜王ヘルグと合流することも考えたが、ヘルグは魔王領を隔てた反対側に支配地を持っており、合流は容易ではない。

つくづく、魔王領を抑えている勇者部隊が厄介だった。

ものか）

（魔王様を倒しただけあって、頭も切れるか。正面から戦いたくはないが、さてどうした

ネクロス自身の戦闘力はそう大したものではない。ただ、古戦場などの死者が多く眠る地では、その死者たちをアンデッドとして使役することができるため、一時的に大軍勢を組織することができた。ネクロスが死霊王たる所以である。

ただ、魔力に限界があるため、そう長いことアンデッドの大軍を使役し続けることはできない。

（ここはやはり可能な限りの大軍を率いて、魔王領へと戻るべきか）

結局のところ、魔王領へと戻り、再起を期すのが最もいい策と思われた。

勇者部隊といっても、その数は百人程度だという。ならば、一時的にその数十倍の軍勢を揃えれば、数で圧倒することができるはずだ。量は質に勝る。

方針を固めたネクロスは、すぐに行動に移すことを決めた。

配下のアンデッドたちを率いて、魔王領へと進軍を開始したのだ。さらに行軍中にも、戦場跡などからアンデッドの数を着々と増やした。

こうなってくると、ネクロスの気持ちも大きくなってきた。

魔王領に戻ることができれば、魔王領随一の実力者は自分となる。

であれば、次期魔王はネクロスとなるはずだ。

(魔王軍は数を減らしているが、魔王城で倒れた魔人や獣人をアンデッド化すれば、自分に忠実で巨大な戦力となる。ふむ、悪くないな)

ネクロスは魔王となった自分の姿を夢想しながら進んだ。

その後も行軍は順調に進み、後は目の前の狭い谷底を抜ければ、そこはもう魔王領である。勇者部隊など、この大軍団の前には物の数ではない。

ところが、谷間に入ってしばらく経った後、少し遠くに一人の人間の男が立っているのが見えた。

(何だ、あいつは?)

相手はたった一人である。ネクロスは取り巻きのアンデッドたちに、その男を襲うように指示を下した。

百体以上のグールが群がるように襲いかかっていく。普通の人間であれば、その光景を見ただけで泣き叫んで逃げていくはずだ。

ところが男は慌てもせず、袋を取り出した。

(あれはアイテム袋か?)

ネクロス自身は使っていないが、人間たちがよく使っているマジックアイテムとして知っていた。袋の見かけは小さくても、中にはかなりの物が収納できる。

(そんなものを使って一体何を?)

男はアイテム袋の口を開いた。

するとそこから水が大量に噴き出してきた。

まるで洪水のようにグールたちを包み込むと、そのままネクロスたちをも呑み込んだ。

狭い谷底なので、水が簡単に満ちていくのだ。

「たかが水如きに!」

ネクロスは虚(きょ)を突かれたが、所詮はただの水である。

アイテム袋の水などすぐ尽きるはず……

(熱い!)

身体が灼けるように熱かった。

(ただの水ではない! まさか聖水か?)

周りのアンデッドたちを見渡せば、水に呑まれて溶けている。

水の放出はそこまで長く続かなかったが、アンデッド軍団は一瞬で崩壊した。

ネクロス自身も全身が火傷を負ったようにただれ、大きなダメージを被っている。

「何でそんな大量の聖水があるんだ！」

ふらつきながらも立ち上がったネクロスは叫んだ。

聖水といったら、僧侶が申し訳程度に瓶に入れて持ち運ぶのが常識である。

それをアンデッドに振りかけることで追い払い、ささやかな魔除けのように使用するのだ。

聖水を濁流のように放出する使い方など聞いたことがない。

まさに神をも恐れぬ所業だった。


「ああ、買ったんですよ」

袋を持っていた男がこともなげに言った。

「買っただと？　あの量の聖水をか？」

買うほうも買うほうなら、売るほうも売るほうである。こんな大量の聖水で商売するなど、聖職者にあるまじき行為だ。

人間のくせに、神への信心が足りない。もっと神に対して真摯に向き合うべきだ。アンデッドだって、もう少し神に対する敬意を持っている。

邪悪なリッチであるネクロスは、あまりに不信心な人間に怒りを覚えた。

「お金があれば大抵の物は買えますからね。今回は近隣諸国の教会の聖水を買い占めました。まあ、自前でも作りましたけど」


男の後ろから、人間の戦士たちが姿を現した。

男はトラオであり、現れたのは勇者部隊である。

中でも聖水を大量に作らされて疲れ気味のリリスは、同情する目でネクロスを見ていた。

「まあそういう訳ですよ。大人しく天に召されてください。これも仕事なんでね」

「ふざけるな！　お前は地獄に落ちろ！」

ネクロスは叫んだが、配下たちは壊滅(かいめつ)状態で残っているのは自分一人である。

すでに深手を負っていたネクロスは、勇者部隊の手によってあっさりと倒された。

第15話　竜王ヘルグ

魔王軍四天王の最後の一人となったのは、竜王ヘルグだった。

竜王といっても、ヘルグはドラゴンではない。リザードキングという、リザードマンたちの頂点に位置する魔物である。

リザードマンは人型のトカゲであり、全身が硬い鱗で覆われ、力も強く、優れた戦士として知られている。

リザードマンたちは自分たちの上位種としてドラゴンを崇めており、その力にあやかろうとヘルグは竜王を名乗っているのだ。

実際、ヘルグはリザードキングなだけあって、その他大勢のリザードマンと比べると一回り大きく、見かけも立派である。その姿は人型のドラゴンのように見えなくもない。

リザードマンたちは水棲であるため、占領地でも人間の城には籠らず、巨大な湿地に拠点を構えていた。また、排他的な性質であるため、紫色のポーションをなかなか受け入れず、そのおかげで中毒者はほとんどいなかった。

ただ、死霊王ネクロスと同様に、他の種族の魔物たちからなる混成部隊が支配地域に多数駐留していた。

その部隊の間では紫色のポーションが流行ったので、ポーションを巡って内紛状態となり、駐留部隊とリザードマンたちとで激しく戦ったのだ。

ヘルグが先頭に立って戦ったおかげで駐留部隊は打ち破ったが、リザードマンたちの被害も大きく、戦力的には大きく低下してしまっている。

(戻りたい……)

ヘルグは切実に魔王領に戻りたいと思っていた。

リザードマンたちにとって魔王領の大湿原が故郷である。この国の湿原も悪くはないが、結局のところ異邦である。

そもそも好き好んで、人間の国を攻めた訳ではないのだ。魔王に命じられて、仕方なく攻め込んだというのが実情である。リザードマンたちにとって、陸地の領土というのはそれほど魅力的な場所ではなく、水気のある土地でないと侵略しても意味をなさなかった。

魔王が討たれた今、ヘルグは撤退を考えている。

ただ、勇者部隊が素直に魔王領に撤退させてくれるとも思えない。いくつもの人間の国を滅ぼした自分たちのことを、人間たちが許すはずがなかった。

そこでヘルグはネクロスを陽動に使うことを考えた。

ネクロスはアンデッドの大軍勢を頼みにしている四天王である。放っておけば、勝手に軍勢を作り出して行動を起こすに違いない。

その隙に、ひそかに水路を移動して、魔王領への帰還を果たせばいいのだ。

ヘルグは部下のリザードマンの魔術師に命じて、ネクロスの軍勢の様子を魔法によって監視させた。

果たしてヘルグの予想は当たった。それからほどなくして、ネクロスの軍勢は行動を起こしたのだ。

ネクロスは大量のアンデッドを従えて、魔王領へと進軍を開始した。

「好機だ」

ヘルグはそう判断すると、配下のリザードマンたちを引き連れて、魔王領へと繋がる川へと潜った。勇者部隊がネクロスのアンデッド軍団に気を取られている隙に、魔王領へと帰還するつもりだ。戻ってしまえば、地の利はこちらにある。それに魔王領にはまだリザードマンたちが残っており、協力関係にある他の水棲の魔物たちもいるのだ。

竜王ヘルグ率いるリザードマンたちは、川の中を静かに着実に進んでいった。

ところが、幾日か経つと、なぜか川の水位が下がってきた。

リザードマンはその性質上、水に関する知識は豊富である。この時期に、この川の水位が下がることなどないことは知っていた。

「上流側の魔王領で何か起こっているのか？」

ヘルグは一旦動きを止めて、部下を何人か偵察に向かわせた。

しかし、その間にもどんどん水位が下がり、ついに川の中に潜んでいたヘルグたちの姿が露わになってしまった。

「まずい、これでは我々の動きが露見してしまう。とにかく進まねば」

こうしてまたヘルグは進軍を開始した。

さらにしばらく経つと、偵察に向かわせた部下たちが戻ってきた。

「上流側に堰（せき）が造られており、水が止められています」

部下たちの報告は驚くべきものだった。

堰は人間が用水のために造るものである。魔王領には必要ないものだ。人間側の何らかの策略である可能性が高い。

「堰はどの程度の規模だ？」

「それほど大きなものではありません。恐らく簡易的に造られたものかと」

であれば、簡単に破壊できるはずだ。部下たちを派遣して堰を壊し、川の水位を戻してから進軍を再開すべきか。それとも策略を避けるために一旦戻るべきか。

ヘルグは悩んだ。そして、この時間が命取りとなった。

陽動として頼みにしていたネクロスはとっくに敗れており、勇者部隊はすでにヘルグたちの近くに到着していたのだ。


突然、ヘルグたちの頭上に液体が降り注いできた。

「雨か？」

一瞬、ヘルグはそう思ったが、水にしては粘性が高い。

「まさか、油か！」

気付くと同時に、周囲のリザードマンたちも騒ぎ始めた。

見れば、川の両岸にいつの間にか人間の戦士たちが立っていた。

樽（たる）らしきものが傍（かたわ）らにあり、そこから液体を汲んで、こちらに向かって撒いている。

「油を撒いているだと！」

直接的な攻撃ではないから防ぎようがない。

魔法であれば抵抗もできるが、ただの油なので身体に付着してしまう。

しかも、自分たちが陣取っているのは露出した川底なので、隠れる場所などなかった。

「いかん！　すぐにここから逃げ……」

「じゃあ、魔法宜しくね」

自分の近くの岸にいた男が声を上げた。

同時にあちこちから火の魔法が発動した。場所によっては火矢も放たれている。

一瞬で川底は火の海と化した。

逃げようにも、追加の油がどんどん投入され、火の勢いは増していくばかりである。

リザードマンの弱点は火なのだが、魔法に対する耐性が高いため、火の魔法には弱くなかった。そのため、本来は魔法で弱点を突きにくい難敵である。

しかし、身体に直接油を浴びせられ、それに着火した場合はどうしようもなかった。

リザードマンたちはなすすべもなく炎に包まれ、泣き叫んでいた。地獄絵図である。

リザードマンたちの中にあっても勇敢な戦士たちは、火だるまになりながら川岸を登り、人間たちに攻撃を仕掛けた。だが、地形的に登りながら攻めるというのは不利があり、人間の戦士たちもかなりの腕前だった。

勇敢なリザードマンの戦士たちはその実力を発揮できずに、簡単に斬り伏せられていった。

「人間とはここまで悪辣(あくらつ)になれるものなのか！」

ヘルグは戦慄した。魔王軍とて、ここまで非道な戦術は取らない。特にリザードマンたちには戦士としての誇りがあり、正面からの戦いを好む。

ヘルグ自身は火に対する耐性をある程度備えたリザードキングであるため、大きなダメージはないが、自分の部下たちはどうにもすることができなかった。

「この外道がっ！」

ヘルグは跳躍すると、攻撃を指示した男を狙った。恐らく、こいつが指揮官なのだろう。得物の槍で、男を串刺しにしようと迫る。

だが、その前に一人の戦士が立ちふさがった。小柄な戦士だった。

その小柄な戦士はヘルグの槍を剣で防ぐと、間合いを詰めて、息もつかせぬ素早い斬撃を繰り出してきた。かなりの腕前である。

「ここまでの戦士がいて、なぜ正面から戦わない！　お前たちには戦士の誇りがないのか！」

ヘルグは叫んだ。まともに戦って負けるなら納得もできるが、このような卑劣な策略によって敗北するのは受け入れがたかった。

「いや、僕は戦士ではないですよ？」

指揮官とおぼしき男が答えた。

「なにっ？」

ヘルグは目をむいた。

「僕は商人なので、リスクが小さい手段を取るだけです」

その男——トラオは愛想笑いを浮かべていた。

目の前の小柄な戦士——リオは心なしか申し訳なさそうな顔をしている。

商人？　なぜ、商人が戦場に立っているのだ？

ヘルグは戦士でもなければ、魔法使いでも、僧侶でもない男が戦場に立っている事実に呆然とした。自分たちは商人如きにやられたのかと。

「しかし、さすが竜王ヘルグ。リザードキングとはいえ、火への耐性はこちらの想定以上です。伊達に竜王を名乗っていませんね」

トラオの言葉に、ヘルグは気を取り直した。

確かに戦いは負けた。しかし、ただで負ける訳にはいかない。竜王の名に賭けて、死んでいった配下たちのためにも、一人でも多くの敵を道連れにしなければ気が済まない。

ヘルグは大きく息を吸った。

リザードキングとなった者のみが使える、炎のブレスを吐くつもりである。

それに対して、トラオはそばに置いてあった樽を軽々と持ち上げて、ヘルグに投げつけた。もちろん、油の入った樽である。

眼前に迫る樽に、思わずブレスを吐いたヘルグだったが一瞬遅かった。一樽分の油に引火し、それをすべて身体に被ってしまった。いくら火に対する耐性があるとはいえ、これはその限度を超えていた。

身体中、燃えていないところがないくらい炎上した。眼にも油が回り、視界を失ってしまっている。

「グワワワァーッ！」

ヘルグはのたうち回った。

水が、水が欲しかった。それ以外のことは考えられなかった。

そして意識が途切れた。

「これで討伐完了。魔王軍も終わりだ」

未だ燃えているヘルグの死体を見ながら、トラオは呟いた。

右手には剣を握っている。

自らの手でヘルグにとどめを刺したのだった。

「普通に戦っても勝てたんじゃないですか？」

リオが少し悲しそうな顔をして、ヘルグの死体を見た。

「何もここまでしなくても……」

「別に？　言った通り僕は商人だからね。正々堂々と戦うことなんてしないのさ」

トラオは右手で固く剣を握りしめた。

「別に恨みがある訳じゃない」

そう言いながら、トラオは顔をしかめた。

ヘルグが侵略していた国は、リューゼ王国だった。

――

後日、トラオから依頼の完了報告を受けた冒険者ギルドの代表は喜んだ。

そして、同時に送られてきた経費の申請を見て、意識を失いかけた。

項目は聖水、油、堰である。

例によって、用途が丁寧に書いてあった。

聖水は対アンデッド、油は対リザードマン、堰はリザードマンの進軍を止めるという理由である。

そこまでは納得できた。

問題は金額と量である。

堰にある程度金がかかるのは仕方がない。人間同士での戦争でも、しばしば軍事的に使われることがある。

だが、油と聖水の量がとてつもない数字になっていた。

池か湖でも作ったのではないかと思うような量だった。当然、金額も凄まじい額だ。

一応、購入先に問い合わせてみたが、申請書に書いてある通り、間違いはない。

「まったく、商人に金を使わせたら、ギルドが破産してしまうよ」

代表はそうぼやきながら、もう一通の手紙に目を通した。

そこにはトラオとガーネットのメンバーが、冒険者を辞める申請がなされていた。

第16話　トラオ商会

四天王を倒し終えた後、トラオは勇者部隊を解散した。

参加者たちには当初約束した報酬の金貨千枚に加えて、四天王を二人倒した報酬として追加でもう千枚、併せて金貨二千枚を支払った。

支給していた伝説級の装備は、すべてトラオが回収した。

中には報酬の代わりに装備を欲しがった参加者もいた。

「魔王を倒したんだ。記念に装備をもらったっていいだろう？」

冒険者や騎士にとって、この装備は喉から手が出るほど欲しいものだったので、そういう要望が出たのも無理もないことだった。

「いいよ。代金として金貨三万枚を渡してくれればね」

トラオはいつもの愛想笑いで答えた。

「おいおい、そりゃねぇだろう？　一緒に戦った仲間じゃないか？」

金貨三万枚など、一個人に払える金額ではない。

装備を欲しがった参加者は、無償で渡してくれと食い下がった。

「仲間？」

トラオは鼻で笑った。

「僕はね、たとえ仲間であっても、お金に関しては厳しいんだよ。死んだ仲間から装備を剥ぎ取るくらいにはね」

ゾッとするような冷めた笑いをトラオは浮かべ、右手を固く握りしめた。

いつもの表情からは、想像もつかないような怖い笑顔だった。

これには装備を欲しがった参加者も、それ以上のことは言えず、黙って装備を返却した。

いざとなれば、トラオがどんな手段でも使ってくる人間だということは、行動を共にした者たちは充分にわかっていた。敵に回せば恐ろしい相手だということも。

こうして、世界を救った勇者部隊は短い活動期間で終わりを迎えた。

実は勇者部隊の解散に、各国の王たちはホッと胸を撫で下ろしていた。

魔王を倒し、四天王を倒した強力な集団など、彼らにとっては脅威でしかなかった。

味方になってくれれば問題ないが、敵対する国の傘下に入って敵に回れば国の存亡に関わるような事態となる。

もし勇者部隊が存続していたら、多くの国が手を組んで、これを潰しにかかる可能性もあったのだ。

トラオはその可能性を考慮して、すみやかに勇者部隊を解散し、強力過ぎる装備を回収した。なお、伝説の装備はトラオのアイテム袋の中に死蔵されることとなる。

——

トラオとガーネットは拠点である一軒家へと戻った。

長い間戻っていなかったので、リオたちはようやくゆっくり休むことができた。

「話があるんだけどさ」

一晩休んだ後、トラオはリオたちに声をかけた。

「僕は冒険者を辞めて、商人として生きていこうと思うんだ」

この言葉にリオたちは大して驚かなかった。

トラオは誰がどう見ても、冒険者より商人のほうが似合っていたからだ。

「それでね、君たちも一緒に手伝ってくれると嬉しいんだけど、どうかな？」

リオたちは顔を見合わせた。

ガーネットは冒険者としての実力も名声も手に入れている。

トラオは彼女たちにも、きちんと報酬を支払ったので、お金も十分にあった。

最初からトラオに付き従っていた彼女たちの報酬額は、金貨三万枚。

一生遊んで暮らすことも可能な額だ。

要するに、リオたちはどんな人生を送ることもできるのだ。


なかなか返事をしないリオたちを見て、トラオは額に汗を浮かべた。

落ち着かないのか、手を握ったり開いたりしている。

まるで親に叱られる寸前の子供のような様子だった。

「どっ、どうかな？」

トラオはもう一度聞いた。いつもの自信に満ちている声とはまったく違う、不安で今にも泣きそうな声に聞こえた。

その様子に、リオたちは吹き出したように笑い始めた。

それを見たトラオは呆気にとられた。

「いいですよ、先輩」

リオは満面の笑みを浮かべて言った。

「最後まで付き合ってあげますよ。世界一の商人になりましょう！」

「先輩と一緒にいろんな物を作るのは楽しかったので、そういう仕事をするならいいですよ」

ドミニクが頭からフードを外して答えた。もはや、くせ毛など気にしていないようだ。

「でも、もう危ないポーションは作りませんからね？」

「仕方ないから手伝ってあげます」

リリスは優しく微笑んだ。

「私がいないと、先輩はひどいことをしそうですからね。ちゃんと監視をする人が先輩には必要でしょうから」

「……うん、ありがとう」

トラオは下を向いて答えた。その声はやはり泣きそうだった。

こうしてトラオ商会は四人で再出発を迎えた（冒険者であったときから、トラオ商会の名義は使っていた）。

再出発と言っても、すでに様々な国で利権を握っており、資金も十分すぎるほどあったので、その規模は一瞬にして拡大した。

トラオを筆頭に幹部たちが元冒険者だっただけあって、荒事もこなし、各国との繋がりも持っていたので、他の商会からは大いに恐れられる存在となった。

第17話　ドラゴンの災厄

魔王と四天王の討伐から一年。しばしの平和を享受していた世界に、それは訪れた。

『竜害（りゅうがい）』。魔物たちとは異なる、魔獣と呼ばれる生態系の頂点・ドラゴンによって引き起こされる災厄である。

魔王軍との戦いは戦争であるが、ドラゴンによるものは戦争ではなく天災である。

ドラゴンにも様々な種類がいるが、竜害を起こすのは、その中でも最大級のグレーター・ドラゴンと呼ばれる種であり、その進路にある街や村は壊滅的な被害を受ける。

一旦発生してしまえば通り過ぎるのを待つしかなく、やり過ごしてしまえば、しばらくは起きない。そういう類のものだった。

しかし、今回はまずいことに、ドラゴンの進路上に世界最大の都バビロンがあった。

巨大な建造物が数々ある上に、歴史的な価値もある都であるため、「住民を避難させれば済む」というような被害では収まらない。

そこでバビロンの王は、冒険者ギルドにドラゴン討伐の依頼を出した。それも緊急である。報酬は金貨百万枚。魔王と同額であるが、それほどまでに事態は切迫している。

しかし、依頼された冒険者ギルドでは人材が払底していた。

最初の魔王討伐遠征で優秀な冒険者の多くが亡くなり、残った冒険者たちも魔物の数が減少したことで依頼が少なくなり、引退する者が続出していたのだ。

しかも、相手はグレータードラゴンである。たとえ冒険者ギルドの全盛期でも引き受けた者がいたか疑わしい。天災級の魔獣に挑むなど自殺行為に等しかった。

だが、ギルドの代表には一人だけ引き受けてくれそうな心当たりがあった。

すでに冒険者を引退していたが、金次第で何でもやってくれそうな男。

商人トラオであった。

――

「グレータードラゴンを討伐する」

トラオがリオとリリスに宣言した。

魔王討伐から一年経った今、トラオ商会は順調そのものである。今さら冒険者の仕事をする必要はまったくないように思われた。

「今回、グレータードラゴンの進路上にバビロンがある。放置すれば、どれだけの被害になるかわからない。これは金額だけの問題じゃない。歴史的に価値のあるものも失われ、二度と復活することはないんだ。これは人間全体にとっても大きな損失となる」

トラオは、この依頼がいかに人類にとって重要で崇高なものであるのかを力説した。

「……それはいいんですけど、先輩」

リオが冷めた顔で言った。

「先輩の後ろで運ばれているものは何ですか？」

トラオの後ろでは巨大な金属製の丸太のようなものが、馬車に引かれて移動を始めていた。移動の指示を出しているのはドミニクである。

「あれは最近、先輩とドミちゃんが一生懸命開発していたものですよねぇ？　どういう商品なんですか？」

リリスは石像のような微笑みを浮かべていた。彼女が怒っている時の表情である。

「ん？　あれかい？」

対して、説明を求められたトラオは嬉しそうに話を始めた。

「あれはねぇ、魔法の威力を何十倍にも高めることができる、魔大砲（またいほう）という製品だよ。大型の魔物や魔獣に対して有効な対策になり得る代物だ。あの筒の中に仕込まれている魔鏡で魔法を乱反射させて威力を高め、収束させて対象に向けて放つんだ。ドミニクが思いついたんだけど、なかなか開発費が高くついちゃってね。何しろ魔法に耐えうる強度を持たせなければいけないから、砲身（ほうしん）がミスリル製なんだよ。いやーちょうどいいタイミングで竜害が発生してくれてよかった。まともに売ろうとしても、高過ぎて相手にされないような金額だからね」

トラオは竜害という人類の不幸を喜んでいた。

「……何でまたそんな物騒（ぶっそう）な武器を開発していたんですか？」

せっかく世の中が平和になったのに、魔大砲なるものを造る意味がリオには理解できなかった。

「ああ、周期的に竜害が発生する頃だと思っていたからだよ。あんまり知られていないけど、竜害って、ある一定の周期で発生しているんだ。多分、ドラゴンの生態に絡む何かが要因だと思うけどね」

「竜害は大抵やり過ごせば済むようなものじゃないですか。今回はバビロンに直撃するから大変な騒ぎになっていますけど、わざわざ倒す必要なんてないのでは？」

リリスはまだ納得できていない。

「何言っているんだい？　最近、ドラゴンが出現することがめっきり減ってきて、市場でドラゴンの素材が高騰していることを知っているだろう？　鱗から牙から血や肉まで、グレータードラゴンは歩く宝箱のような存在だよ？　このチャンスをわざわざ逃す商人がいるかい？」

「先輩以外のまともな商人は、みんな手を出さないと思いますけどね」

というリオの言葉を、トラオは馬車の音で聞こえなかったことにした。

「とにかく、これはトラオ商会の大きな商機なんだよ。討伐報酬はもらえる、新商品のいいアピールになる、ドラゴンの素材が手に入る、こんなにいい話が他にあるかい？」

「グレータードラゴンに挑むという命の危険を無視していると思いますけど」

というリリスの指摘を、トラオは風の音で聞こえなかったことにした。

「一応、確認ですけど」

リオが真剣な目でトラオを見つめた。

「まさか、先輩がグレータードラゴンをバビロンに誘き寄せたりはしてないですよね？」

「……君たちは僕を何だと思っているんだい？」

さすがのトラオもこの疑惑には、困惑した表情を浮かべた。

（やりかねないんだよなぁ、この人なら）

リオとリリスは同じことを考えていた。

こうしてトラオ商会はグレータードラゴン討伐に乗り出した。

――

グレータードラゴンは背中の羽で空を飛びながら移動していた。その身体は、村ひとつ分はあろうかというほど巨大だ。

しかも迷惑なことに地面すれすれを飛んでいるため、羽ばたきが起こす暴風で、進路上のありとあらゆるものが吹き飛んでいる。

木は薙ぎ払われ、地面はえぐれ、人の家屋などは跡形もなくなった。

まるでその存在を誇示するかのように、グレータードラゴンはゆっくり進んでいる。

その瞳には何の意志も見えず、虚無の状態のように思えた。

そのドラゴンの片側の羽を突如、光の柱が貫いた。

途端に体勢を崩して、ドラゴンは地面に墜ちたが、巨大な両足でしっかりと着地し、墜落によるダメージは見受けられない。

ドラゴンは光の柱が飛んできた方向を睨んだ。その眼には先ほどまでとは違い、強烈な怒りの意志が灯っている。

すると再び光の柱がドラゴンに向かって放たれた。

巨体に見合わぬ機敏な動きでドラゴンは前足を掲げ、その光の柱を受け止めた。

ドラゴンの前足と激突した光の柱は、落雷したかのような轟音を鳴り響かせた。

さしものドラゴンの顔も苦痛で歪む。どんなものでも握り潰してきた前足でも、その光は受け切れなかったのだ。

しかし、今の一撃でドラゴンは攻撃の出どころを掴んだ。すかさず、咥内から漏れ出るほどの炎を蓄え、一気に解き放った。

ドラゴンによる炎のブレス。街ひとつを焼き尽くすと言われている強力な攻撃だ。

それは紅蓮の光となって一直線に目標へと奔った。

トラオ商会が築いた陣地は一瞬にして炎に包まれた。

ただ、包まれただけで直撃は免れている。陣地の前には百個のアイギス神の盾が並べられており、ドラゴンのブレスをも防いでみせたのだ。

アイギス神が見たら『そんな雑な使い方をするでない』と嘆いたことだろう。

「いやー危なかったね」

トラオはいつもの愛想笑いを浮かべていたが、リオたちは生きた心地がしなかった。

「先輩、私の結界が一瞬で吹き飛びましたよ？」

リリスが顔を強張らせていた。

「さすがグレータードラゴンだよね。動く災厄と呼ばれるだけのことはある」

トラオは落ち着いている。

「じゃあ、ドミニク。第三射行こうか。補充して」

補充と言われて魔力回復のポーションを一気に飲んだドミニクは、魔大砲の後ろに立つと、魔法の詠唱を始めた。

「この魔大砲、効率が悪過ぎませんか？　一発撃つ度に高級ポーションがひとつ要りますよ？」

リオは商会の一員として魔大砲のコストを心配している。

「まあ、グレータードラゴンが相手じゃなかったら、ここまでの魔力は必要ないよ。ドラゴンは大抵の魔法には耐性があるからね。それを思えば十分すぎるダメージを与えているさ」

トラオにとっては想定内のようだ。

ただし、ドミニクはポーションの飲み過ぎで気持ち悪そうにしている。魔大砲の開発者として責任を感じているのか、何が何でもドラゴンを倒すつもりのようだ。

そして三射目が放たれた。

先ほどのダメージのせいか、今度はドラゴンの前足は上手く動かず、その身体に魔大砲の光が直撃した。

ドラゴンが大地を震わすような咆哮を上げた。

当然、怒り狂っている。後ろ足で地面を蹴り上げると、凄まじい速度でトラオ商会の陣地に迫ってきた。空を飛ぶよりも圧倒的に速い。

「グレータードラゴンの羽ってなくてもいいんじゃない?」

トラオが呑気な感想を述べた。

「そんなこと言ってる場合ですか!」

ドラゴンのあまりの勢いに、リオは恐怖した。

グレータードラゴンはトラオ商会の陣地の目前まで迫り——

地面ごと陥落(かんらく)した。

「うんうん、必要経費が使い放題って素晴らしいね」

実はトラオ商会の陣地の前は谷になっていた。突貫工事でその谷の間にロープを何本も張り、布を張り巡らせて、まるで地面であるかのように偽装(ぎそう)していたのだ。

簡単な工事のようだが、グレータードラゴンが落ちる大きさなので、結構な予算がかかっている。

もちろん、討伐経費は報酬外で支払われる契約になっていた。

「じゃあ魔大砲を撃っていって」

谷に落ちたドラゴンは射角的に撃つことはできない。魔大砲をギリギリまで近付けて撃ったのは谷の側面である。

魔大砲を受けた壁面が崩落(ほうらく)を始めて、ドラゴンに降り注いだ。

一射目で羽を損傷したドラゴンは、飛んで逃げることもできない。落ちた衝撃で動くこともままならない。

グレータードラゴンは悲痛な咆哮をあげた。

まさか自分が生き埋めになって死ぬなどとは、想像もしていなかったのであろう。

ドカンドカンと爆破されて埋まっていく谷。

リオとリリスは気の毒そうな顔をして、その様子を見守った。

やがて、谷は半分ほど埋まり、ドラゴンの声が一切聞こえなくなった。

「さて、あとは素材を回収するだけだね。頑張ろうか？」

トラオ商会の陣地では、トラオだけが活き活きとしていた。

ドミニクはヘロヘロであり、リオとリリスはドラゴンの最期を見て、「ああいうふうには死にたくない」と心の底から思っていたのだった。


――


グレータードラゴン討伐の報は世界中で話題になり、トラオ商会の魔大砲は売れに売れた。何しろ強力な兵器である。あるとないとでは戦力に大きな差が出る。

ただし、欠点もあった。

神の加護を受けているドミニクでも、一発撃つごとにポーションの回復が必要だったのだ。普通の魔法使いが使用すると、そのままぶっ倒れて気を失ってしまう。

つまり、一発撃つごとに魔法使いが一人必要だったのだ。

また、いくらミスリルが軽いとはいっても、巨大であることには変わりない。

トラオ商会は金にものを言わせて無理矢理運んだが、移動にはかなりの制約があり、持ち運びには不便だった。

結局、侵略には不向きな兵器だったので、巨大な魔物や魔獣に対する防衛兵器として使用されることになった。

ただし、量産された魔大砲は、トラオ商会が意図的に魔力消費を悪くし、重量もわざと重く製造したとも言われている。

第18話　家族

「お母さん！　お父さんは昔冒険者をやっていて、魔王を倒したって本当？」

息子がキラキラした目で自分を見つめている。

（ああ、とうとうその事実を知ってしまったか……）

リオは思わず頭を抱えた。

息子のレイは父親に似たのか、利発な子だった。運動もできるし、顔も愛らしい。文句のつけようのない子だ。

自分の子にしては少しふっくらしているが、それはそれでぷにぷにしていて可愛い。

ただ、物覚えがよすぎた。六歳にして読み書きが完璧になってしまい、いろいろな本を読むようになってしまったのだ。

リオは意図して、息子の近くに魔王とか勇者に関する文献を置かないようにしていたのだが、何せ世界の歴史に関わることである。情報を遮断するには限界があった。

ひょっとしたら友達から聞いたのかもしれないし、商会の従業員がうっかり漏らした可能性もある（箝口令(かんこうれい)は敷いていた）。

もう少し大人になって、いろいろ父親について理解してから、その質問をしてくれるとありがたかったのだが、まだ六歳の子にどう事実を伝えたらいいのか、リオにはわからなかった。

「……本当よ」

リオは「これ以上聞かないで」という空気を出して答えたが、六歳の無邪気な子供には通用しなかった。

「ねえ、お母さん。お父さんはどうやって魔王を倒したの？」

やっぱり来たか、その質問が。リオは逡巡（しゅんじゅん）した。

『お母さんたちを囮（おとり）にして、後ろから不意打ちして斬ったのよ』などと本当のことが言えるはずがない。

つい最近、「女の子には優しくしないと駄目よ？」と言ったばかりだ。

自分の父親が女性に対しても地獄のような特訓を課し、魔王に対する囮役を容赦なくさせるような人間だとは教えられなかった。

「……そうね、お友達をいっぱい作って、みんなで魔王を倒したのよ」

我ながら自分を褒めてやりたくなるような完璧な回答だ、とリオは思った。

「お友達？　そんなに強いお友達がいたの？　魔王を倒すんだから、相当強くないと駄目だよねぇ？」

レイは不思議そうな顔をしている。あまり納得がいっていないようだ。やはり、この子は聡くて可愛い。でも、今はその賢さがリオを苦しめた。

「そっ、そうね、百人くらい強いお友達がいたのよ？　お父さん、友達を作るのが上手だったから！　お母さんたちも一緒に戦ったのよ？」

お友達ではなく、本当は金でかき集めたメンバーである。信頼関係というより、雇用関係に近い。

実際、そのとき一緒に戦った勇者部隊のメンバーの何人かは、商会でそのまま雇い入れている。護衛の任務とか荒っぽいトラブルが起こったときに重宝していた。

「すごい！　お母さんも強かったんだ！　いつもみんなから怖がられているのは、お母さんが強いからなんだね！」

……息子よ、お母さんが怖がられているのは、従業員たちを厳しく統制しているからであって、物理的な強さが理由ではないのだよ？

そう弁明したかったが、リオは笑って誤魔化した。

リオはトラオ商会の鬼の副会長として、内外から恐れられていた。

「でも、お母さんって、リリスさんやドミニクさんみたいに魔法使えないよね？　戦士だったの？　どうやって強くなったの？」

また難しい質問がきた。

リオはもともとそこまで強い戦士ではなかった。トラオの指導を受けて、ある程度までは強くなれたものの、あのままではAランク止まりの戦士だっただろう。

リオが魔王と戦えるようになったのは、クサナギ神の加護があってこそだった。

「……一生懸命努力して、神様にお願いして強くしてもらったの」

努力……あれを努力と言っていいのだろうか？

リオはヤマト国で戦ったときのことを思い出して、気分が悪くなった。

死ぬギリギリまで戦い、超高級ポーションで無理矢理回復し、それをエンドレスで繰り返したのだ。

今思えば、我ながらどうかしていた。

夫が息子に同じことをさせようとした日には、躊躇なく夫をぶった斬るだろう。

「神様にお願いしたら強くしてもらえるの？　どうやってお願いしたの？」

どうやって？　金の力？

『神様の社を建て替えて、社までの道を整備して、神様の石像まで作ったからよ？』なんて子供には言えない。

常々、「世の中、お金じゃないのよ？」とリオは子供に教育していた。

父親のように金儲けのことばかり考えるような人間になってほしくないからだ。

「……そうね、ちゃんと頑張って、いろいろなお供え物をしたら強くしてもらえたのよ？」

そのお供え物に国家予算級の金が必要になることは秘密だ。

「そっか。じゃあお父さんはどうして強かったの？」

どうして？

金儲けが上手かったから？　仲間の死体から装備を剥ぎ取って金に換えたり、魔物に中毒性のあるポーションを売りつけて、金を巻き上げたりしたから？

そんなことは言えない。この子は大商人である父親のことを尊敬しているし、世界を救ったと知った今、その尊敬はとてつもなく大きなものになっている。そんな子供の父親に対する憧れを壊したくない。

ただ、問題があった。夫が冒険者らしく戦っている姿を上手く思い出せないのだ。

もちろん、彼が戦っていなかった訳ではない。ただ、戦闘以外のところでのインパクトが強すぎて、戦っている姿の印象が薄いのだ。

確か四天王でアンデッドのネクロスには、滝のように聖水を浴びせて勝った。同じく四天王でリザードキングのヘルグには、たっぷり油をかけてこんがり焼いた。魔王には背後からばっさりいった。

あれ？　ただの卑怯者なのでは？　勇者とは一体？

「……お父さんはね、頭がよかったの。もちろん、力も強かったけど、商人として頭を使って、敵の弱点を突いて戦っていたのよ？」

頭というか、金の力を使って戦っていたのだが、似たようなものだろう。

「ふーん、僕も頑張ったら、お父さんみたいな世界を救う冒険者になれるのかなぁ？」

お父さんみたいになりたい――何て可愛らしいことを言う子なんだろう。

リオは思わずレイを抱きしめた。

そして答えた。

「お父さんみたいになっちゃ絶対駄目よ！」

「えっ？　どうして？」

レイは驚いた。さっきまで優しかった母が怖い顔をしている。

レイの知っている父親は、世界中を股にかけた事業を行っている大商人だ。

その名を知らない人はいないし、その上、世界を救った英雄でもある。

何で、その父のようになってはいけないのだろうか？

「レイ、あなたは賢い子よ。でもね、まだあなたは幼いの。説明しても、わからないことはいっぱいあるのよ？　いい？　わかって？」

「う、うん……」

有無を言わさぬ母の言葉に、レイは黙って頷くしかなかった。


――


「そんなことがあったのよ」

リオはトラオ商会の重役会議で愚痴をこぼした。

重役会議とはいっても、テーブルを囲んでいる相手はリリスとドミニクである。

三人ともトラオの妻でもあるため、どちらかというと家族会議に近い。

「それはまだいいほうですよ、リオちゃん」

深いため息をついたのはリリスだった。

年齢を経て、少しふっくらしたリリスはさらに人当たりがよくなり、慈母（じぼ）そのものである。トラオ商会では人事・総務部門を管轄していた。

「うちの娘のエリカは『何でパパと結婚したの？』って聞いてきましたから」

「うわぁっ……」

ドミニクがげっそりとした表情を浮かべた。

開発部門を一手に引き受けるドミニクは、コンプレックスだったくせ毛を鎖骨のあたりまで伸ばし、整った顔立ちに見合う髪型にしていた。

「それ、何て答えたの？」

リオが嫌そうな顔をしている。

「もちろん、『愛があったからですよ』と」

「エリカちゃんはそれで納得してくれた？」

ドミニクが聞いた。

「『ママとリオさんとドミニクさん、三人同時に愛があったの？　それって不貞っていうんじゃないの？』って言われました』

「痛いところをつくわね。やっぱり、女の子って早熟なのね。うちは男の子でよかったわ」

リオは胸に手を当てて、自分の幸運に感謝した。

「不貞か。何せ三人同時にプロポーズするような人だからね。いっそ清々しいくらい堂々としていたけど、常識的に考えればないわよね」

ドミニクが遠い目をした。

ちなみにドミニクにもロベルトという息子がいる。ロベルトは母親に似て、頭がよく大人しい子なので、変な質問をしてドミニクを困らせるようなことはしない。

三人の子供は同い年であった。

「そういう愛もあるのよ、って言いましたけど、我ながら苦しい言い訳でした。エリカが将来妻子ある男性の浮気相手にならないか心配です」

リリスは娘の将来の心配をしている。

「何で結婚したか、か。気の迷いかしら？　一応、あのときは好きだったような気もするけど」

リオが小首を傾げた。

「何言ってるんですか、リオちゃんが一番好きだったでしょ？」

　すかさず、リリスがリオを非難した。

「そうだよ、リオちゃん。私たちはそこまで積極的じゃなかったけど、リオちゃんはすぐにOKしたじゃない。それを見て、何となく私たちもOKしなきゃいけないのかなーって雰囲気になったんだよ？」

　ドミニクもそれに追従した。

「うっ、そうだっけ？」

　リオは目を閉じて、自分の記憶を辿った。

「うーん、確かにあのときは先輩のことが好きだったんだよね。でもさ、子供が生まれたら、もうそっちに全部いっちゃったっていうか。旦那のことなんか、どうでもよくなっちゃったっていうか……」

「リオちゃんってわりかしひどいよね。若い男ができたら、年老いた旦那はポイッて感じ？」

　ドミニクが呆れた顔をしている。

「まだ、私たちのほうが愛がありますよねぇ。少なくとも、私はそこまで結婚したことを後悔していませんよ？　何だかんだ言って悪い人じゃないですし。ケチと言われていますけど、人のためにお金を使いますしね」

リリスはトラオ商会の慈善事業の中心的な役割も果たしていた。トラオ商会は慈善活動にも力を入れており、特に魔物たちと人間たちの融和のために、様々な取り組みを積極的に行っている。もう二度と魔王や勇者が必要とされない世の中を、トラオ商会は目指しているのだ。

「私もまあ後悔していないかな？　仕事にはやり甲斐があるし、あんまり男の人に興味がなかったから、さっさと結婚してよかったと思うし。あとはリオちゃんとリリちゃんとずっと一緒にいられるのも大きいね。普通は結婚したら、みんなバラバラに暮らすことになっちゃうでしょ？　でも三人で同じ人と結婚したから、そういう心配がなかったしね」

ドミニクは結婚生活に満足しているようだ。

トラオは三人と結婚するにあたって、みんなで住めるように大きな家を建てた。

ただし、その建物はトラオ商会の本店も兼ねている。単に家に金をかけた訳ではないのが、トラオらしいといえばトラオらしかった。

「私だって別に後悔している訳じゃないわよ！　ただ、レイには先輩みたいになってほしくないってだけよ！」

リオが焦ったように言い訳した。

「まあねぇ」

「それはねぇ」

リリスとドミニクもその点に関しては同意した。

当のトラオは別の国へと商談に出かけている。

「会長なのだから、本社でドンと構えていろ」と三人の妻に言われて、本社に引き籠って働いていたこともあった。

すると、ぶくぶく太りだしたので、妻たちの好みの問題で、再び外で働くことを許可されたのだった。

三人の妻と三人の子供がいるトラオは、相変わらずケチではあったが、家族想いの父親だった。

【追憶1】ブルーリング

トラオは商人の家に生まれた。

次男だったので跡取りではなかったが、家は大きな商いをしており、お金は充分に持っていた。

ただし商人らしい父親の方針で家は質素倹約に努め、ある意味貧しい暮らしをしていた。

それでも、トラオはそれを苦にすることはなく、当然だと受け止めていた。

トラオは幼い頃から目端(めはし)の利く子供で、早くから商売の真似事を始め、小遣い程度なら自分で稼ぐことができた。

とにかく先を読むことが上手く、何が値上がりするかを少ない情報で正確に当てることができたのだ。

父親はそんなトラオに期待し、跡取りにしようかとさえ考えていた。

ところがトラオには、商人としての才能が有り過ぎた。

自分が商人として生きていけば、確実に成功してしまう将来が見えてしまったのだ。

先の見えた人生というのは味気ない。

とはいえ、自分に示された人生は商人しかなく、それ以外に生きていく道はないものと思っていた。

そんなとき読んだ本に、勇者と共に旅した商人の話が載っていた。

昔いた実在の人物で、商売をしながら勇者と旅をし、商人ならではの金稼ぎや交渉術で勇者の冒険に貢献していたのだ。

これに興味を持ったトラオが冒険者ギルドのことを調べてみると、今でも職業・商人で冒険者として登録することが可能だと知った。しかも、ちょうど魔物たちが統一されて新たな魔王が誕生し、世界が不安定になった時期でもあった。


「商人として魔王を倒そう！」


そもそも魔王によって世界が侵略されてしまえば、商売もへったくれもないのだ。であれば、商人としても魔王を倒すことが重要であると考えた。

しかし、父親たちはそうは思わなかった。

「商人として冒険者登録するのは商売が下手な奴がすることで、まっとうな商人のやることではない」

そう言って、トラオが冒険者になることに反対した。

「魔王を倒さなければ商売が成り立たなくなる」

そうトラオが主張しても

「それは商人の役割ではない」

と一顧だにしなかった。

結局、トラオは勘当同然で家を飛び出して、冒険者になった。

冒険者ギルドに登録する際に「商人で」と言ったときには、受付の人にとても奇異の目で見られた。

家を飛び出したとはいえ、十分に金を貯めていたトラオは生活には困らなかったが、冒険者としての仕事はまったく来なかった。そもそも職業・商人と一緒にパーティーを組もうという冒険者がいなかったのだ。

「商人がパーティーにいるといいですよ。お金の運用もできるし、交渉事も楽になります。何より計画的に魔王を倒すことができますよ」

そう冒険者たちにアピールしてみても、

「金は勝手に使いたいし、交渉なら自分でできる。魔王？　弱い商人に何ができるっていうんだ？」

と取り合ってもらえなかった。

たまにお試しで一緒に冒険に同行させてもらえても、雑事で役に立っても、戦闘では役に立てず、

「君はいろいろと役に立つとは思うけど、戦闘で使えないと、うちではちょっと……」

そう言われて、パーティーメンバーに加えてはもらえなかった。

冒険者ギルドからも

「商人で登録しているのは君だけだよ。冒険者なんか辞めて、うちで事務員として働いてみないか？」

などと勧誘を受ける始末だった。

商人としては優秀なトラオも、さすがにこれにはへこたれた。

（やっぱり商人に冒険者は無理なのか？）

とうとうトラオは冒険者を諦め、登録を抹消するために冒険者ギルドへと赴いた。

落ち込みながらも受付に近付いたそのとき、後ろから声をかけられた。

「君が商人の冒険者？　僕のパーティーに加わってみないか？」

そこに立っていたのは、青い髪の戦士だった。年はちょうどトラオと同じくらいだろうか。その後ろには、同じ青い髪の色をした僧侶の女の子と魔法使いの女の子がいた。

「え？　僕は商人だけど大丈夫なの？　自分で言うのもなんだけど、戦闘ではそれほど役に立たないよ？」

冒険者を諦めていたトラオは自分を売り込むどころか、つい否定的なことを言ってしまった。

「まったく役に立たない訳じゃないだろ？　一応前衛はできるだろうし」

「それはまあ……」

トラオはパーティーに入れるようにずっと訓練をしていたため、戦士ほどではないが前衛を務めることはできた。

「それに君はさ、交渉事とかお金の扱いが上手いんだろ？　ギルドの人が褒めていたよ」

日銭稼ぎにギルドの事務仕事をやっていたトラオは、ギルドの人間からの評価が高かった。

「うん、そういうのは得意だけど……」

「うちはね、計画性がなくて、すぐにお金がなくなっちゃうんですよ」

僧侶の女の子が困ったような顔をした。愛嬌のある顔だった。

「交渉も下手な奴ばかりで困ってたんだよ。すぐにぼったくられてしまうしね」

ちょっときつい顔をした魔法使いの女の子が言った。

「俺たち三人は幼馴染なんだけど、三人パーティーだと人数が足りなくて困ることも多くてさ。君なら同じくらいの年だし、いいんじゃないかって思ってね」

青い髪の戦士が言った。

「本当にいいの？」

自信をなくしていたトラオが念を押した。

「もちろん！　俺たちブルーリングは君を歓迎するよ！」

これがトラオとライネルたちの出会いだった。


――

トラオを加えたブルーリングは躍進（やくしん）した。もともとライネル、シエル、ルイーズは期待の若手だったが、金の使い方などの戦闘以外の部分で失敗して伸び悩んでいた。それをトラオが上手くサポートした。

戦闘でもトラオは前衛として踏ん張った。

剣や槍の腕では戦士に勝てないと、ありとあらゆる武器を使えるように鍛錬した。

当然、その武器をメインで使っている者たちには及ばず、器用貧乏ともいうべき戦闘スタイルだったが、敵に合わせて的確に武器を替えて戦うので、ブルーリングのメンバーからは重宝された。

トラオは商人でも戦えるということを証明したのだ。


そんなある日、ライネルが言った。

「今日はみんなにプレゼントがあるんだ」

彼の手には貴重品を入れるような立派な箱があった。

「何に使ったんだい、ライネル？　無駄遣いはあれほどやめてくれと言ったじゃないか」

トラオがライネルを咎(とが)めた。

「いやいや、これは必需品なんだぜ？」

ライネルが箱を開けると、そこには青い金属でできたサイズ違いの指輪が四つあった。

「これは俺たちの故郷の特産品で『ブルーリング』っていうんだ。俺たちのパーティー名の由来でもある」

トラオはその金属のことを知っていた。リューゼ王国で造られている特殊な加工をした青い金属。綺麗と言えば綺麗だが、それほど価値は高くない。

「それの何が必需品なんだい？」

トラオにはまったく必要なものとは思えなかった。

「俺たちが仲間であるっていう証明になるだろ？」

ライネルはトラオの右手を摑むと、その中指にブルーリングを嵌(は)めた。

「ほらっ、いい感じだろ？」

トラオは手をかざして、まじまじとその指輪を眺めた。

他の三人も右手の中指にブルーリングを嵌めた。

「そうね、仲間って感じがするわ」

シエルが言った。

「ライネルもたまにはいい買い物をするわね」

ルイーズも気に入ったようだ。

「……そうだね、うん。そうだね」

トラオが笑った。いつもの愛想笑いではなく、屈託(くったく)のない笑顔だった。

「確かにこれは必需品だ」

ブルーリングは順調にステップアップし、とうとうSランクに到達した。

これはトラオの立てた計画通りであり、それによれば、あと三年で魔王を倒せるはずだった。

「ねえ、トラオ。あと三年で魔王を倒すって、具体的にどうするつもりなの？」

行きつけの酒場の一室。パーティー全員で食事をとっているときに、ルイーズが尋ねた。

ブルーリングのメンバーも、トラオからは具体的に魔王を倒す方法は教えられていなかった。

彼ら自身がトラオの計画に半信半疑だったので、それほど真面目に受け止めていなかったためだ。

ところがこれまでトラオの言ったことはすべて実現してきた。予定通りの期間でAランクの冒険者となり、そしてSランクの冒険者にもなれた。

今では「トラオはできることしか言わない」と、パーティーメンバー全員が理解している。

「ああ、伝説の装備を揃えようと思っているんだ」

トラオが笑って答えた。

「伝説の装備？　ってどんな？」

今度はライネルが聞いた。一口に伝説の装備といっても、その伝承は様々なところにあり、どれのことを指しているのかわからない。

「まずはクサナギ神の剣だ」

「クサナギ神の岩に刺さった剣か。あの剣は誰も抜けないことで有名だぞ？　俺に抜けるのか？」

ライネルには剣を抜く自信がないようだ。

「いや、あの剣は無理だろう。恐らく最強の戦士であるガノンでも抜けない」

トラオがあっさりと無理であることを認めた。

「じゃあ、どうするの？」

シエルが尋ねた。

「クサナギ神は刀鍛冶の神としても有名なんだよ。だから、別に剣を作ってもらう」

「そんなことができるの？」

ルイーズはトラオの話を少し疑っている。

「うん、僕の情報によれば、クサナギ神の社は相当劣化が進んでいるみたいなんだ。多分、そんな社に居続けることは、プライドの高い神には我慢ならない状態だと思う。だから、社を建て直すことを条件に、二本の剣を作ってもらおうと思っているんだ。ライネルと僕の分をね」

「社を建て直すって、どんだけ金がかかるんだよ?」

ライネルが呆れた顔をしている。

「それだけじゃないよ? 多分、材料となるオリハルコンも要ることになるから、もっとお金がかかる。あとはライネルにクサナギ神の加護を与えてもらうつもりだから、お金を貯めている間に、できるだけレベルアップもしてもらうからね?」

「マジかよ」

ライネルは笑った。しかし、その笑いは冗談を聞いたから、というものではない。トラオが言うならやるしかないな、という諦めの笑いだった。

「他の伝説の装備は何?」

シエルがライネルに憐憫の眼差しを向けながら聞いた。

「剣の次はアイギス神の盾だ」

「アイギス神？　海底の底にいる神じゃない？　どうやって行くつもりよ？」

ルイーズは手に持ったフォークをくるくる回している。

「いろいろ調べたんだけど、海底でも呼吸できるようになる丸薬があるから大丈夫だよ」

「はっ？　その丸薬って、一個で家が建つような代物よ？　それを四つも用意する訳？」

「それだけじゃないよ。アイギス神から盾をもらうには貢物がいる。それも一流の芸術品じゃないと駄目なんだ。魔王対策には全員分の盾が必須だから、それも四つ必要だ」

「……あんた、どんだけ金を使う気よ？」

ルイーズはそれに必要な額をちょっと考えて、うんざりした表情を浮かべた。

「大丈夫だよ、僕は商人だからね。必ず必要な金額を用立ててみせるよ」

「もったいないわね。それだけのお金があったら、一生贅沢して暮らせるわよ？」

「そんなことのためにお金は集められないよ。魔王を倒すためだから、お金を集める気になるのさ」

トラオは微笑んだ。

「ひょっとして、私たちの装備に中古品が多いのは、そのお金を貯めているからですか？」

シエルが自分の僧侶服をつまんで、ちょっと嫌そうな顔をした。

「そうだよ？　一日も早く魔王を倒すために、できるだけお金は節約しないとね」

「ううっ、新品の装備が欲しいなぁ」

シエルは恨みがましそうな目でトラオを見た。

「あと、アイギス神のところでは、ルイーズに加護を与えてもらうつもりだから、ルイーズもそれまでにレベルアップしてね？」

「えー私も？　仕方ないわね……」

ルイーズは少し嫌そうにした後、諦めた顔をした。

「……ひょっとして、私もレベルアップしなきゃいけないんですか？」

シエルが恐る恐る聞いた。

「もちろんだとも。最後の伝説の装備は妖精の鎧だからね。鎧を授けてくれる妖精ニムエの加護は世界との親和性を高め、より神を身近にしてくれるんだ。すなわち回復魔法と相性がいい。シエルもニムエの目にかなうくらいにはなってもらわないとね」

「やっぱりですか……」

シエルはちょっとがっかりしてみせてから、それが冗談であることを示すかのように微笑んだ。

「妖精の鎧って、湖の中に鎧を捨てて、ニムエにもっといい鎧に換えてもらう逸話のやつだろ？　よほどいい鎧じゃないと、妖精の鎧にはならないいんじゃないか？」

ライネルが聞いた。

「もちろん！　鎧も四つ必要だからね。ミスリル製の上質な鎧を人数分用意するつもりだよ」

「それを湖に捨てるのかよ！　ニムエが出てこなかったら悲惨だぞ？」

「必要な投資ってやつさ。上手くいったらリターンは大きいし、上手くいかなかったときはライネルに湖に飛び込んでもらって、鎧を拾ってもらうよ。ひょっとしたら、他にもいい鎧が沈んでいるかもしれないしね」

「そのときはお前も一緒に湖に飛び込んでもらうからな！」

ライネルがそう抗議すると、トラオは笑って、

「わかったよ、そのときは一緒に鎧を探そう」

と答えた。

――

「なあトラオ」

トラオから魔王討伐の具体的な話を聞いた夜、ライネルが隣のベッドで寝ているトラオに話しかけた。ブルーリングが宿屋に泊まるときは、男二人女二人に分かれて、二部屋取ることになっている。

「何だい？」

「お前はさ、俺たちじゃなくても魔王が倒せるんじゃないか？」

「どういう意味？」

「トラオは一緒に組んだのが別のパーティーでも、魔王を倒せるんじゃないかって思ったんだよ」

トラオはライネルのほうを見た。彼は天井を見つめている。

「……どうかな？　でも僕を仲間にしてくれたのはライネルたちだけだから、僕はブルーリング以外のパーティーなんて考えられないよ」

「そっか」

ライネルはしばらく黙った後、再び口を開いた。

「もしさ、仮に俺たちがいなくなっても、トラオは魔王を倒してくれよな」

「何で？」

トラオはベッドから起き上がってライネルを見た。ライネルもトラオのほうを向いた。

「仮に、仮にの話さ。ただまあ、魔王は倒さないと、みんな困るだろ？」

「それはそうかもしれないけど……」

少し考えた後、トラオは言った。

「でも大丈夫だよ。僕がいれば、ライネルたちを危険な目になんか絶対あわせないから！」

「……そうだな。お前はいつも正しいからな」

ライネルは独り言のように呟いた。

トラオを追放する一年前のことだった。

【追憶2】ガーネット

リオとリリスとドミニクは同じ街で育った。

リオはその街の領主の娘、リリスは司教の娘、ドミニクは魔導士の娘であり、親同士の仲が良く、同い年で同性だった彼女たちも自然と仲良くなった。

しかし、平和な時代は、リオたちが十三才のときに終わりを告げる。

魔物たちが跋扈（ばっこ）する土地を統一した魔人が現れたのだ。その魔人は魔王を名乗り、自らが支配する土地を魔王領と称した。そして、人間の国へと侵略を開始したのだ。

不幸なことに、リオたちの住む国は魔王領の近くに位置していた。そのせいで真っ先に侵略を受けた。

リオの父親は立派な領主であり、魔王軍が迫っているという情報を得ると、数少ない馬車を使って子供を優先して逃がすという選択をした。その中にリオたちも含まれていた。

馬車で逃げたリオたちは助かったが、徒歩で逃げようとした者たちは誰一人として避難先の街にたどり着くことができず、時間を稼ぐために戦った父親たちは戦死を遂げた。

リオたちが逃げた先は、父と親しくしていた領主の街であり、温かく迎え入れられたが、その街もすぐに魔王軍に狙われることとなる。

こうなってくると、いくら親しかったとはいえ、他の街の避難民をどうにかする余裕はその街にはない。リオたちは自分たちで行動する決断を迫られた。

リオは面識のあった商人と交渉して、逃げる際に父から手渡された宝石を譲ることを条件に、安全な土地まで送ってもらうことにした。その時、共に行動したのがリリスとドミニクだった。それ以上の人数は、商人の馬車に乗ることができなかったのだ。

そうして落ち延びた先が、ブルーリングが拠点としていた街だった。

多少の路銀はあったものの、生きていくためには金を稼がねばならない。そこでリオたちが選んだのが冒険者だった。

リオは父親から剣の手ほどきを受けており、リリスは回復魔法が使え、ドミニクも初歩の攻撃魔法を習得していた。そのため、冒険者として何とかやっていけるのではないかと思ったのだ。

何よりも家族を殺した魔王軍に復讐がしたかった。

こうしてパーティー・ガーネットが結成された。ガーネットはリオたちの国を象徴する宝石の名前から取った。

しかし、年若い娘三人でいきなり上手くいく訳もない。なかなか、依頼が受けられないだけでなく、胡散臭い冒険者たちが勝手に自分たちのパーティーに加わろうとして、指図しようとしてきたことも何度かあった。

こうなると三人とも警戒心だけが強くなり、他人の親切も素直に受け取れない状態になってしまった。

そんなときに現れたのがトラオだった。

「君たちがガーネット？」

冒険者ギルドの広間でリオたちに声をかけてきたのは、愛想笑いが顔に貼りついたような男だった。

「何か用？」

リオがぶっきらぼうな声を出した。舐められないように精一杯の虚勢を張っていた。

「依頼をしようかと思ってね」

直接依頼が来ることなど初めてで、リオはますます警戒を深めた。

「依頼？」

「ちょっとした情報収集だよ。やらないなら、話はこれで終わり。僕は君たちに二度と話しかけない」

「どんな依頼よ？」

「引き受けるなら言う。依頼内容だって機密事項になり得るんだよ？　報酬は金貨一枚だ」

「内容は？」

金貨一枚。一日仕事であれば妥当な金額だった。

リオがリリスとドミニクに目をやると、二人とも頷いた。それを確認してリオが、

「やる」

と答えた。

「そうかい。じゃあ僕の手を見てくれ」

男の掌（てのひら）には、ある男の職業と名前が書かれていた。

「この情報が欲しい。どんな内容でもいい。ただし、絶対に相手には知られてはいけない」

「いつまでに？」

「三日後」

「わかった」

「僕はトラオ。ブルーリングというパーティーに所属している商人だ。宜しく頼むよ」

ブルーリングというパーティーは有名なので知っていたが、直接顔を合わせたことはなかった。自分たちは冒険者の底辺で、彼らは頂点に近い存在だったのだ。

そこからリオたちは三日みっちりかけて、指定された男の情報を探った。三日かけるほどの報酬ではなかったが、自分たちを指名してくれたことが三人を張り切らせた。

それほど怪しいとも思えない男だったが、その足取りを正確に調べ上げて、トラオに報告した。

「うん。予想以上にいい報告だね」

そう言うと、トラオは金貨三枚をリオたちに渡した。

「僕は商人だから対価はきっちり払う。この情報にはそれだけの労力と価値があった」

思いがけない収入にリオたちは喜んだ。それだけでなく、自分たちの働きがちゃんと認められたのが嬉しかった。

「次の依頼があるけど受ける？」

もちろん、リオたちは喜んで引き受けた。

こうして、トラオとガーネットの関係が始まった。

依頼の難易度はだんだん難しくなり、内容も危ないものへと変わっていった。

それでも三人は一生懸命働いた。トラオは必要な装備やアイテムは用意してくれるし、いろいろな知識も教えてくれる。それに依頼をこなすごとに、自分たちの力量が上がっていくのを感じていた。

正直、依頼が本当に役に立っているのかどうかはわからないが、トラオが自分たちのために依頼をしてくれていることだけはわかった。

いつしか彼女たちは、尊敬の念を込めてトラオを『先輩』と呼ぶようになった。

「先輩、どうして私たちに依頼をしてくれたんですか？」

ある日、リオはトラオに尋ねた。

「僕も昔チャンスをもらったことがあったんだ。それまでは職業・商人というだけで馬鹿にされていたんだよ。君たちも若い女の子のパーティーというだけで、なかなかチャンスがなかったみたいだから」

「私たちへの依頼って役に立っているんですか？」

「もちろんだよ」

トラオは顔をしかめた。

「僕は商人だからね。無駄なお金は使わない」

――

ガーネットがBランクパーティーとして認められてから、トラオの依頼には犯罪紛(まが)いの危険なものも含まれるようになった。

しかし、三人は黙々と依頼をこなした。トラオは嘘のない男だった。そのトラオが魔王を倒すと言っている。それを三人は信じていたのだ。

やがてガーネットはAランクに到達し、周囲からの視線もだいぶ変わってきた頃、拠点に来客があった。

扉を二回叩き、一回叩き、三回叩くという、トラオと取り決めた合図。

トラオかと思ってのぞき窓から確認すると、そこに立っていたのはブルーリングの三人――ライネル、シエル、ルイーズだった。

「開けてくれないかな?」

ライネルが朗らかに言った。

「話があるんだ」

リオはどうしていいのかわからなかった。自分たちはトラオの依頼を受けてブルーリングのために活動していたが、トラオからは「他の三人からは理解されない」と言われていたのだ。

「開けましょう」

リリスが言った。

「私、ライネルさんたちの話を聞きたい」

ドミニクもリリスに同意するように頷いた。

リオは扉を開け、三人を家に入れた。

家に入るなり、シエルがリオたちを一人ずつ優しく抱きしめた。

「ありがとう」

と言って。

久しぶりに人の温かみを感じる抱擁(ほうよう)だった。

「君たちのことは調べさせてもらった」

ライネルが話を切り出した。

「正直に言うと、トラオがどこからか情報を仕入れているのはわかっていたし、俺たちの活動がスムーズに行き過ぎているとも思っていた。しかし、まさか君たちみたいな若い女の子を使っているとは知らなかった。すまなかった」

そう言って、ライネルは頭を下げた。シエルもルイーズも一緒に頭を下げた。

「そんな！　やめてください！」

リオが慌てて止める。

「私たちはブルーリングが魔王を倒してくれると信じているんです！　そのためだったら何だってしてします！　先輩……トラオさんからも十分報酬はもらっていますし、よくしてもらっています。頭を下げるようなことはありません！」

「トラオはよくしているだろうね。あいつはなんだかんだ言って、甘い奴だからさ」

ルイーズが優しく微笑んだ。

「そうよね。トラオは悪魔みたいな商人だけど、悪い人間ではないわ。買ってくる装備品は最悪だけど」

シエルも微笑んだ。

ブルーリングの三人の温かい雰囲気に、リオはほっとしたが、ライネルの顔が真剣なものに変わった。

「そのトラオのことなんだが、俺たちはブルーリングからトラオを追放する」

「えっ？」

「……私たちのせいですか？」

リオたちは凍りついた。

リリスが泣きそうな顔で尋ねた。

「いや違う。俺たちのせいだ。俺たちがトラオを裏切る」

「それはどういう……」

リオはライネルが何を言っているのかわからなかった。

「私たちは金の牙の魔王討伐チームに加わるわ」

ルイーズが答えた。

その話はトラオから聞いていた。その試みが無謀だということも。

「恐らく生きて帰れないわね」

「そんな……それをわかっていて何で……」

ドミニクが信じられないという顔をしている。

「故郷のリューゼ王国が危ないんだ。このままだと滅びる。俺たちの父や母や友人たちが死んでしまう」

ガーネットの三人は言葉が出なかった。それはかつて自分たちが経験したことだったからだ。

「金の牙の連中も同じだ。今多くの国が危機に瀕(ひん)している。だから、みんなで魔王を倒しにいって、侵攻を食い止める」

「……上手くいかないってトラオさんは話していました」

俯(うつむ)きながらリオは言った。

「わかっている。でもやらないと後悔する。それに魔王は倒せなくても、連中を驚かせることができれば、魔王軍を引き返させることができるかもしれない。分の悪い賭けかもしれないけどね」

ライネルがガーネットの三人を一人一人見た。

「君たちならわかるだろう?」

その決意はリオたちには痛いほどわかった。何か言って引き留められるものではないということも。

少しの間、沈黙が流れた後、シエルが口を開いた。

「だから、あなたたちにはトラオのことを頼みたいの。トラオは魔王を倒すことを目標にしてきたわ。計画だとあと二年で魔王を倒せるみたいだけど、私たちはここまで。あとはあなたたちに引き継ぐわ」

その二年でリューゼ王国は滅びる。世界の未来と故国の存亡を比べて、ライネルたちは故国を取った。

リオたちは何も言えなかった。

「気を付けたほうがいいよ？　あいつは仲間になった途端、本性を現すからね。ケチでしみったれた商人の本性を」

ルイーズがわざと明るい声を出した。

「トラオは魔王を倒せる唯一の男かもしれない。だから俺たちの勝手に巻き込む訳にはいかないんだ。これからは君たちがあいつを支えてやってくれ。ああ見えて寂しがりな奴なんだ」

そう言って、ライネルは優しく微笑んだ。

「トラオは目的のためなら何でもするわ。ひどいこともいっぱいするかもしれない。それでもあなたたちにはトラオを信じてほしいの」

シエルがリオの手を握った。

「いいことを教えてあげるわ。トラオにはひとつ癖があるの」

【追憶3】冒険者たち

三十人ほどの集団が荒野を進んでいた。

鎧に身を包んだ者、神官服を着た者、ローブを羽織っている者と、その恰好は揃っておらず、全体の半分を占める鎧装備の者たちにしてみても、軽装のものから重装のものと幅広く、まるで統一感がない。

一行は冒険者パーティー・金の牙を中心とした魔王討伐チームだった。

彼らは険しい山を越え、深い森を抜けて、魔王領であるこの荒野へと足を踏み入れたのだ。道なき道を通ってきたため馬が使えず、疲労は溜まっているはずだが、彼らの顔にその色はない。

いつ魔王軍の襲撃に遭うかわからないため、こまめに疲労回復のポーションを使っているのだ。

だが、身体的な疲労は取れても、精神的な疲労は拭えない。魔王領に入ってからというもの、緊張からか彼らはほとんど言葉を発していなかった。

この中で一際目立つのは、金の牙のリーダー・ガノンである。最強の戦士と言われる彼は金髪褐色で、縦にも横にも大きい巨漢だ。そして最も重厚で派手な黄金色の鎧を着ていた。

金の牙は総員十人の大所帯のパーティーであり、実力的にも冒険者たちの頂点にある。

そのガノンが、ブルーリングのリーダー・ライネルに声をかけた。

「どうだ、調子は？」

「特に問題はない。敵がまったく現れないから、拍子抜けしているくらいだ」

ライネルは淡々と答えた。

「しかしよう、トラオがいないと、お前たちも調子が出ないいんじゃないのか？」

ガノンはその風貌とは裏腹に、お節介で世話焼きなところがあった。その性格であるからこそ、ガノンを慕って金の牙に人が集まるのだが、今のライネルにはそれが煩わしかった。

「トラオがいなくても、ブルーリングには何の問題もない。それともトラオが、商人がいないと何か困ることがあるのか？　ガノンだって『商人なんて何の役にも立たねぇ』って散々言っていただろうが」

その言葉には少し棘があった。

「そりゃよう、最初の話だろう？　商人なんて昔から形式的にある職業で、それで冒険に出る奴なんて見たことなかったしな。実際、戦闘で役に立つとは思えねぇ。でもよう、トラオを見てたら、ああいうのもありなのか、って思った訳よ。何しろ気が利いて手抜かりがねぇ。人当たりがよくて、交渉事も得意ときてる。要は俺たち冒険者に欠けたものをすべて補える役回りだ。お前たちだって、いてくれたほうが何かとよかっただろう？」

「別に。人相手なら役に立つかもしれないが、魔物どもが相手なら必要ない」

ライネルの返事はそっけない。

「まあそうだけどよう、わざわざクビにすることはねぇだろうよ。それも盗賊を雇って、クビにするネタまで探すなんてよう」

ガノンは表にも裏にも顔が広く、人脈が豊富だった。ライネルはそのガノン経由で盗賊を雇い、トラオの身辺調査をさせて、ガーネットとの繋がりを掴んだ。

「トラオは魔王討伐に強硬に反対していた。あいつがいたら、ブルーリングはこの討伐チームに加わることができなかった」

「でもよう、お前たちだって本当はこの作戦が上手くいくとは思ってないんじゃねぇのか？」

ライネルはガノンを睨みつけた。ガノンはその視線を平然と受けて続ける。

「トラオは冷血な商人野郎だが、ブルーリングのことは何より大切にしていた。どれだけ反対しようと、お前たちが行くと決めたら、一緒に付いてきただろうさ」

それなのにわざわざトラオを追放したことを、ガノンは不思議に思っていたのだ。

「それは無理というものですよ、ガノンさん」

そこに口を挟んできたのは、ライネルの側を歩いていたシエルだった。彼女は念願だった可愛らしいデザインの神官服を着ていた。

「トラオには家族が三人もいるんですから、連れてきては駄目なんです。これは独身者の楽しいピクニックなんですからね」

「家族？　ガーネットの連中のことか？　あいつらは女だけだがしっかり鍛えられてるし、将来性もある。最初見た時は、小娘ばかりで冒険者としてやっていけるのかと思ったもんだが、まさかトラオが後ろについていたとはな」

ガノンはガーネットのことを高く評価しているようだった。

「家族っていうか、将来の嫁を自分で育てているんだろ、トラオは」

そう揶揄（やゆ）したのは、シエルと寄り添うように歩いていたルイーズだ。

「商人だから自分の嫁も先物買いしたんだよ、あいつは。こんなにいい女が近くに二人もいるのに、若い女を三人も囲い込んでいるんだから、とんでもない奴だ」

きついことを言っているようで、その声は明るく冗談であることがわかる。

「ちがいねぇ」

ガノンは大口を開けて笑った。その笑い声を聞いて、チーム全体の雰囲気が和らぐ。

「しかしよう、トラオがガーネットと繋がってることがわかったのは、お前らが盗賊に調査させた後だぜ？　そもそも、お前らはトラオを連れてくる気はなかったんじゃねぇのか？」

「あいつはいつも正しい」

ライネルが答えた。

「トラオが無理だと言ったら、無理なんだよ。あいつの言う通りにしなくて痛い目にあったのは一回や二回じゃない。だから、俺たちは大体トラオの言う通りにしてきた。今回もあいつの言うことに従ったほうがよかったんだろうけど、正しければいいってもんじゃないだろ？」

「そうなのよね」

シエルがため息をついた。

「トラオの言う通りにしておけば、安心・安全なんだけど、だとしたら、そもそも冒険者になる必要ってあるのかしら、って思うのよね。危険なことをするのが冒険者の仕事なんだから。それにたとえ間違っていても、やらなきゃいけないことってあるし」

「でもまあ間違っていても、トラオは付いてきてくれるんだけどね」

ルイーズがきつい顔を優しく緩めた。

「私たちが間違ったことをしても、『しょうがないな』って顔をして、結局は一緒に行動してくれるのよ。で、一緒に失敗してくれる。冷徹な商人ぶってるくせに、そういうところはお人よしなのよ」

「なるほど。今回ばかりは一緒に間違えさせる訳にはいかねぇと。だから、パーティーをクビにした訳か」

ガノンが納得したような表情を浮かべた。

「そうだ。冒険者が命を賭けるのは、自分が納得した時だけだ。トラオは魔王討伐に関しては、まったく納得していない。だから、あいつは来るべきじゃないと思った。それだけのことさ」

ライネルは表情なく答えた。

「でもよう、あいつが人がいいのは、お前たちにだけだぜ？　俺たちのことなんか、金で動く意地汚い冒険者としか思ってないんじゃねぇのか？」

ガノンの出身国もまた魔王軍の攻撃にさらされている。ガノンだけではない。このチームに加わっているほとんどの冒険者の出身国が、魔王軍によって危機に瀕しているのだ。

確かに冒険者ギルドの要請はあった。そして冒険者ギルドは各国から圧力を受けていた。報酬も魅力的だ。けれども、彼らがこのチームに参加したのは、それだけが理由ではなかった。

「人が金だけで動くと思ったら大間違いなんだけどな。しかも、出発直前に必要な装備や物資の価格が絶妙な値段に吊り上がったのも、あいつの仕業だろ？　まったく、嫌な商人野郎だぜ」

ガノンは物資の値上がりの原因がトラオにあると見抜いていた。冒険者である自分たちの動きに合わせて、商品価格を上げてくるような人間は他にはいない。

「でもまあ、それも含めて生きて帰ってから、みんなでトラオに説教してやろうぜ」

その言葉に、チームのあちこちから賛同の声が上がった。

『生きて帰る』という言葉に、何の保証もないと知っていながら。

【追憶4】魔人ベッケル

いくぶん和やかな雰囲気になった魔王討伐チームだったが、それからさらに歩みを進めると、突然霧が立ち込め始めた。視界がどんどん悪くなり、周囲が灰色の空気に包まれる。

「この霧、魔力を感じるわ」

ルイーズがライネルとシエルに警戒するよう促した。

見れば、他のパーティーもこの霧の異常性に気付き始めている。

「全員警戒しろ！　分散せずに、密集隊形をとれ！」

ガノンが全員に指示を飛ばす。自身も両手持ちの巨大な戦斧を構えて、警戒態勢に移っていた。

しばらく全員緊張したまま息を潜めたが、やがて霧が徐々に消え始め、視界が開き始めた。

「囲まれている……」

誰かが呟いた。

霧がなくなった周囲の景色には、先ほどまで影も形もなかった魔人兵たちが整然と並んでいた。全員が黒い鎧で身を固めており、弓、槍、剣といった装備によって隊列が分かれている。剣を持つ魔人兵は盾も装備していた。

魔物特有の咆哮や雑然とした動きはなく、それが彼らの練度の高さを伺わせた。

周囲をぐるりと囲む魔人兵の数は、優に三百を超えるだろうか。

その中でも、正面にいる最も巨大な魔人がゆっくりと前に進み出た。

腕が四本あり、その手にはそれぞれ大剣が握られている。頭を覆う兜からは紅く輝く眼が四つ見えた。その風貌は魔王軍四天王の筆頭・魔人ベッケルに相違ない。

「魔王様の領土に足を踏み込んだからには、その対価を払う準備はできているんだろうな?」

その声は、かすれたような低いものだったが、周囲に響き渡った。

「魔法使いは戦士に強化魔法！　僧侶は防御結界だ！」

ガノンはベッケルの言葉を無視して、戦闘に備えるための指示を出した。

Sランクの冒険者たちだけあって、全員素早く指示通りに動き始める。

「やれ」

ベッケルが剣を一本前に突き出すと、戦列の後方に控えていた弓兵たちが一斉に射撃を始めた。

その矢は意志を持ったように不自然な軌道を描き、正確に冒険者たちの心臓を狙う。

しかし、僧侶たちの結界が間に合い、矢は光の障壁によって弾かれた。が、

「結界がもう持たない！　ただの矢ではないぞ！　魔力が込められている！」

一人の僧侶が悲鳴のような声を上げた。

展開された結界は矢を防いでいるのだが、ぶつかった矢は耳障りな音を鳴り響かせ、結界の強度を著しく下げていたのだ。

「魔法使い！　弓兵を狙え！」

ガノンの声に、すぐさま魔法使いたちが魔法で応戦を仕掛けるが、弓兵の前に並んでいた剣を持った魔人兵たちが、盾を使って魔法を防ぐ。

「ちっ、ご丁寧に魔法防御ができる盾を使っているとはよう。いい装備してやがる！」

吐き捨てるように言ったガノンは、戦斧を振りかぶると、その巨体に似合わぬ速度で、左側面にいた魔人兵たちの戦列へと突っ込んだ。

「ヴォラァァァッ!!」

まるで魔獣のような咆哮を上げて迫るガノンに、最前列にいた槍兵たちが隙間なく槍を突き出して迎え撃つ。

ガノンはその槍先をわずかな身じろぎで鎧に滑らせ、豪快に戦斧を振るった。

その一撃は四人の槍兵の胴体を分断。ガノンは勢いを止めずにそのまま突き進み、二列目の剣と盾を持った魔人兵たちに襲いかかる。

魔人兵たちは盾を前に出して防御態勢を取ったが、ガノンは構わず斧を振るい、盾ごと魔人兵たちを弾き飛ばした。

あっという間に弓兵たちの前にたどり着いたガノンは

「あばよ」

と口の端を上げて言うと、慌てて近距離射撃を試みようとする弓兵たちを蹂躙した。

「ガノンに続け！　包囲網を抜けるんだ！」

ガノンの特攻を見た金の牙のサブリーダーが、その意図を汲んで、代わりに全体に指示を出す。

すぐさま戦士たちが、ガノンのこじ開けた敵戦列の穴に突入を仕掛け、そのまま左側面を突破。僧侶や魔法使いたちが、その後に続く。

無論、魔人兵たちが何もしないはずもなく、弓兵は間断なく矢を放ち、槍や剣を持った魔人兵たちが討伐チームに向けて殺到した。

ガノンを中心とした戦士たちは魔法使いたちを後方に下がらせると、代わりに前へ出て魔人兵たちを迎え撃つ。

この時点で何人かは矢によって負傷していたが、すぐに僧侶たちによって癒やしを受けていた。

「アイテムはガンガン使え！　出し惜しみはなしだ！」

ガノンが叫ぶ。

戦闘は苛烈（かれつ）を極めた。個々の強さは討伐チームのほうに分があるが、魔人兵たちはしっかり連携を取って攻撃を仕掛けてくるので、その対応は容易ではない。

何しろ討伐チームの前衛職は全体の半数とはいえ十五人程度。対して相手は三百近い。およそ二十倍の差がある上に、後衛職を守る動きもしなければならないのだ。包囲を突破したとはいえ、難しい立ち回りを求められた。

とはいえ、そこは数多（あまた）の困難を乗り越えてきた冒険者たちである。パーティー同士で互いの死角を補い合い、さらにパーティーとしてはひとつの生き物のように協調した動きをすることで、着実に相手の数を減らし、受けた被害はすぐにリカバリーした。

（いける！）

確かに敵は強く数も多いが勝てないことはない、と討伐チームに希望が見えたとき、それは空から降ってきた。

目の前の敵と必死に戦っていたパーティーのひとつに、頭上から巨大な黒い影が覆いかぶさったのかと思うと、次の瞬間、冒険者四人が四本の大剣によって貫かれていた。

「他愛もない」

大剣を振り払い、即死した冒険者たちの骸（むくろ）を放り捨てたのは魔人ベッケルだった。

「来やがった……」

討伐チームの間に戦慄が走る。想定していなかったことではないが、できれば後にしてほしかったというのが正直なところだ。

「俺が相手をする！　お前らは戦線を崩すな！」

ガノンがすぐにベッケルの前に立ちふさがった。ここでベッケルのいいようにされれば、チームが全滅する可能性が高い。

「俺も手伝う。バランス的にはつり合いが取れるだろう？」

ライネルがガノンの隣に立った。ライネル率いるブルーリングは前衛一人、後衛二人のパーティーとなっていたので、それにガノンを加えれば、ちょうどいい構成となる。

「正直言って助かるわ」

ガノンはベッケルから目線をきらずに答えた。いくら最強の戦士とはいえ、サポートなしでは厳しいと思ったのだろう。

「たった四人でいいのか？」

ベッケルは嘲るように言った。

「ぬかせ、お前相手に四人でも多すぎるわ」

ガノンはそう応じたが、実際のところはこれ以上の人数を割けば、他の戦線が支えられないという判断があった。

「それじゃあ、行くとするか」

ライネルのその言葉と共に、ライネルとガノンが左右に広がり、ベッケルを挟撃するように展開した。それだけでなく、二人がいた場所の後方からは、ルイーズがあらかじめ詠唱を始めていた呪文を発動させていた。

「メガフレア！」

超高温の爆発現象を引き起こす、炎を超えた火力呪文。それを不意打ちでベッケルに放った。

通常の魔物であれば、炭も残らず消え去るのだが……

「ムンッ！」

ベッケルは左右一対の大剣を交差させるように魔法に叩きつけ、呪文を消滅させた。

さらにライネルとガノンの攻撃も、残った二本の腕の大剣で防いでいる。

「チッ、デタラメな強さね」

舌打ちしながらも、ルイーズは次の呪文の準備を始める。

「ジャッジメント・アロー！」

シエルが数少ない僧侶の攻撃魔法である光の矢の呪文を放つが、これにはベッケルは回避行動すら取らず、鎧に当たるに任せた。そしてまったく効いている気配がない。

「自信がなくなりそうです……」

肩を落としたシエルは支援に専念することに決め、回復魔法と防御魔法をライネルとガノンに唱え始めた。

そのライネルとガノンは、二人がかりで戦いを挑んでいるものの、ベッケルの腕は四本あり、力も速さも圧倒的で数的有利を活かせない。逆に完全に押されていた。

「あと二人は欲しいな……」

ライネルは周囲に目を走らせるが、どのパーティーも手いっぱい、むしろ苦戦している状態で、とても援護が望める状態ではない。

そこにガノンが身を寄せてきた。

「俺が時間を稼ぐ。その間に何とかしろ」

「……わかった」

本来は同じパーティーの仲間同士ではないが、短い言葉で意志の疎通をする。

そこには二人の覚悟があった。

【追憶5】戦いの果てに

「狂化ッ!!」

ガノンが短く叫ぶと、その身体は青白い光に薄く包まれ、一瞬で目が血走り真っ赤に変わる。

狂化はステータスを一時的に倍に引き上げる代わりに、自らを敵が全滅するまで戦い続ける狂戦士とするスキル。効果は大きいが、正常な思考と体力を奪われる。

ガノンは戦斧を振りかぶり、ベッケルに向かって大きく踏み込んだ。すぐに二本の大剣がガノンに降りかかる。

しかし、ガノンは避けない。

自慢の黄金の鎧は斬られ、刃がその生身に届いているはずだが、構わず突き進む。

「むっ?」

無謀ともいえる突進に、違和感を覚えたベッケルは、さらにもう一本の腕を使ってガノンを狙う。

そこでライネルが動いた。

「縮地（しゅくち）」

速度に特化した剣士であるライネルの特技。残像を残すような速さで、一瞬でベッケルの背後へと回る。

「速光（そっこう）」

縮地の速度を乗せたまま、魔力を込めた斬撃を放つライネルの必殺の剣技。狙うはベッケルの首。

「させん！」

残る一本のベッケルの腕が、閃光のような一撃をライネルに見舞う。

それをライネルは上半身を後ろにのけぞらせてかわすと、起き上がる反動と共に速光の一撃を放った。だが、回避動作をとった分、それは首には届かず、ベッケルの腕一本を斬り飛ばした。

ライネルはその場を離脱して距離を取る。縮地は身体への負担が大きく、連続しては使えない。

「すまん、届かなかっ……」

ガノンに声をかけようとしたライネルが見たのは、二本の大剣で身体を斬られたまま、ベッケルと斬り結ぶガノンの姿だった。

シエルが涙目でガノンに回復魔法をかけ続け、ルイーズが必死になって攻撃魔法を唱えていた。

「縮地っ！」

即座にここが正念場だと覚悟を決めたライネルは、連続で縮地を発動。

肺が膨らみ、心臓が縮まるような感覚を覚えながらも、再びベッケルに迫る。

ベッケルもガノンから剣を引き抜き、迎撃の構えを見せた。

ただ、腕の一本はガノンに使い、もう一本の腕はルイーズの魔法の回避に使っている。

先ほどと同様、手薄といえば手薄の状態。

ライネルは決死の思いで、ベッケルの剣をくぐり抜けると、その喉元へと剣を伸ばす。

（殺(や)った！）

そう確信した瞬間、ベッケルの四つの眼が輝くように光り、その光が収束。一本の熱線となってライネルに向けて照射(しょうしゃ)された。

間一髪で熱線を回避したライネルだったが、機を失って後ろへ跳び、シエルとルイーズのところまで後退する。

「何だ、あれは？　何でもありか!?」

無詠唱で眼から光線のようなものを放ったベッケルに、ライネルは愕然としていた。勝ち目があるのか、と不安が走る。

「あの熱線はすぐに消失したわ。恐らく射程は短くて、近距離にしか使えないはずよ」

一方、ルイーズは初見でその能力を看破した。

「それより早くしないと、ガノンさんが！」

ガノンのサポートをし続けるシエルが、戦闘の継続を二人に促した。すでにガノンは限界を超えている。

だがその瞬間、ガノンの背中から刃が生えた。胴を貫かれたのだ。

「ガノンさんっ！」

シエルが叫ぶ。

「ガァァァーッ!!」

吐血しながら叫んだガノンは、自らを貫いた剣を持つベッケルの腕を戦斧で叩き斬った。

切断したベッケルの腕ごと地面に倒れたガノンだが、もはやピクリとも動かない。

「やばいな、これは」

ライネルは周囲を見渡したが、どこもかしこも劣勢が続いている。

「結局、トラオの言う通りってこと？」

ルイーズが軽く応じる。

「ガーネットの子たちと一回くらい一緒に冒険したかったな。あんな可愛い子たちを隠れて援助していたなんて、トラオはずるいです」

シエルがわずかに微笑んだ。

「やめてよ、そういうこと言うの！　まるでこれから死ぬみたいじゃない。私は嫌よ。私は金持ちと結婚して、死ぬまで楽しく人生を生きるっていう夢があるんだから」

ルイーズがシエルの発言を咎めた。

「それならトラオがいいんじゃない？　きっとお金持ちになるよ？」

「金持っていても、ケチだったら何の意味もないのよ！」

ルイーズとシエルがやり取りをする間にも、ベッケルはゆっくりと近付いてきた。

「トラオに『僕の言った通りじゃないか』って言われるのも癪だし、もう少し頑張るぞ」

ライネルが二人に声をかける。

「そうね」「ええ」

喋りながらも用意していた呪文を二人は解き放つ。

シエルはライネルに補助魔法をかけて能力強化、ルイーズはベッケルの足元を沼地に変えて動きを制約する。

「これは……」

ぬかるんだ地面に、足を絡めとられたベッケルが声を上げる。

「その魔法なら剣で斬ることができないでしょ？」

ルイーズが片目をつぶった。同時にライネルが走り出す。

飛ぶようにベッケルの周りを動き、死角を狙う。

足を取られたベッケルは、身をよじって対応しようとするがその動きは鈍い。また、腕を二本失ったことで、全方向に対応できなくなっている。

さらにルイーズが攻撃魔法を放ち、それを打ち消すためにベッケルが剣を振るったことで、身体が開いた。

「縮地っ……」

肺から血がこみ上げてくるのを、無理矢理飲み込み、ライネルが三度目の縮地を発動。瞬時に懐へ飛び込んで、再び喉元を狙う。が、

「舐めるなっ！」

ベッケルは沼から足を引き抜き、膝蹴りを見舞う。

予想外の攻撃に直撃を喰らい、ライネルは吹っ飛ばされた。

「グウッ……」

地面にバウンドして転がるライネルが、鈍い声を上げる。

「ライネルっ！」

すぐさま、シエルが回復魔法を唱え、ライネルが剣を支えに何とか立ち上がる。

その間にベッケルが地面に大剣を突き立てることで魔法をかき消して、沼地に変化していた地面を無理矢理元へ戻した。

「嘘でしょ……」

ルイーズが息を呑む。そんな方法で魔法を打ち破るなど、あり得ないことだった。

「もう一度だ……」

ライネルが回復しきらない身体に鞭を打つ。

そして、剣を正面に構えた。

「勝負だ、ベッケル」

「よかろう、人間の勇者よ」

そうは言いながらも、もはや相手に勝機はないとベッケルは考えていた。

腕を二本失ったとはいえ、相手にはすでに余力がない。地力で勝るベッケルに負ける要因はなかった。

ルイーズが魔法の詠唱を始めている。シエルが重ねてライネルに回復魔法をかける。

そして、ルイーズの魔法の完成と同時にライネルが走った。もはや縮地を使える状態ではない。

ベッケルは片方の腕でルイーズの魔法を防ぎ、十分な余力を持って、ライネルをもう片方の腕で迎え撃つ、はずだった。

「グウッ！」

予期せぬ痛みを感じて、ベッケルは苦悶の声を上げた。そして、身体のバランスを崩す。

視界の端に、死んだものとばかり思っていたガノンが、身体を引きずり膝立ちとなって、アキレス腱に斧を振り下ろしていた姿が見えた。

そこへ剣を振りかざしたライネルが迫る。もはや剣では防げない。眼に魔力を込めて、熱線を放とうとしたが、ライネルは避ける素振りすら見せなかった。

(見事だ)

ベッケルが熱線を放つのと、ライネルが剣を振り下ろしたのは同時だった。

ベッケルの首が宙を舞い、ライネルの胸が熱線によって穿たれる。

「やったぞ、トラオ……」

薄れゆく意識の中でライネルは呟いた。

「シエル！　すぐにライネルに回復を！」

ルイーズが叫ぶ。が、その背中にシエルがもたれかかった。

「シエル？」

振り向くと、シエルの胸には数本の矢が刺さっていた。自分を庇うように背にもたれかかり、そのまま地面に倒れていく。その表情は穏やかなものだった。

周囲を見渡せば、魔王討伐チームは壊滅状態であり、残っている者の姿は見えない。さすがのガノンもベッケルの死体の傍らで、ついに息絶えていた。

「先に逝っちゃったか……」

ルイーズとライネルとシエルは幼馴染だった。しかし、何となくライネルとシエルがくっつくものだと思っていた。自分はというと、仕方なくトラオと付き合うことになるのではないかと思っていた。

（本当はあんなケチな奴は願い下げなんだけどね）

いくつもの矢が迫り、身体に刺さる。

それをルイーズは他人事のように見ていた。

（血の量は充分過ぎるほどね）

ルイーズはシエルと違い、トラオが用意した死臭のする黒いローブを装備したままだった。

トラオがくれたもの、ということもあったが、この黒いローブに誰が主であるか認識させるためには、ずっと着続ける必要があったのだ。

（自爆用の呪文だなんて、趣味の悪い大賢者様）

そこに秘められたのは黒いローブを作った大賢者が、自分を害した者に報復するために用意した呪文。結局、彼自身は生涯使うことのなかった、己の血と命と引き換えに発動し、あたり一帯に死をまき散らす災厄の魔法。

ルイーズの血を吸った黒いローブが、さらに主の命を吸うことで形を変える。

黒い魔力の奔流ともいうべきドラゴンが顕現(けんげん)し、戦場に残る魔人兵たちに襲い掛かった。

「あとは頼んだわよ……」

ルイーズが最期に遺した言葉は、ドラゴンにではなく、トラオに向けられたものだった。

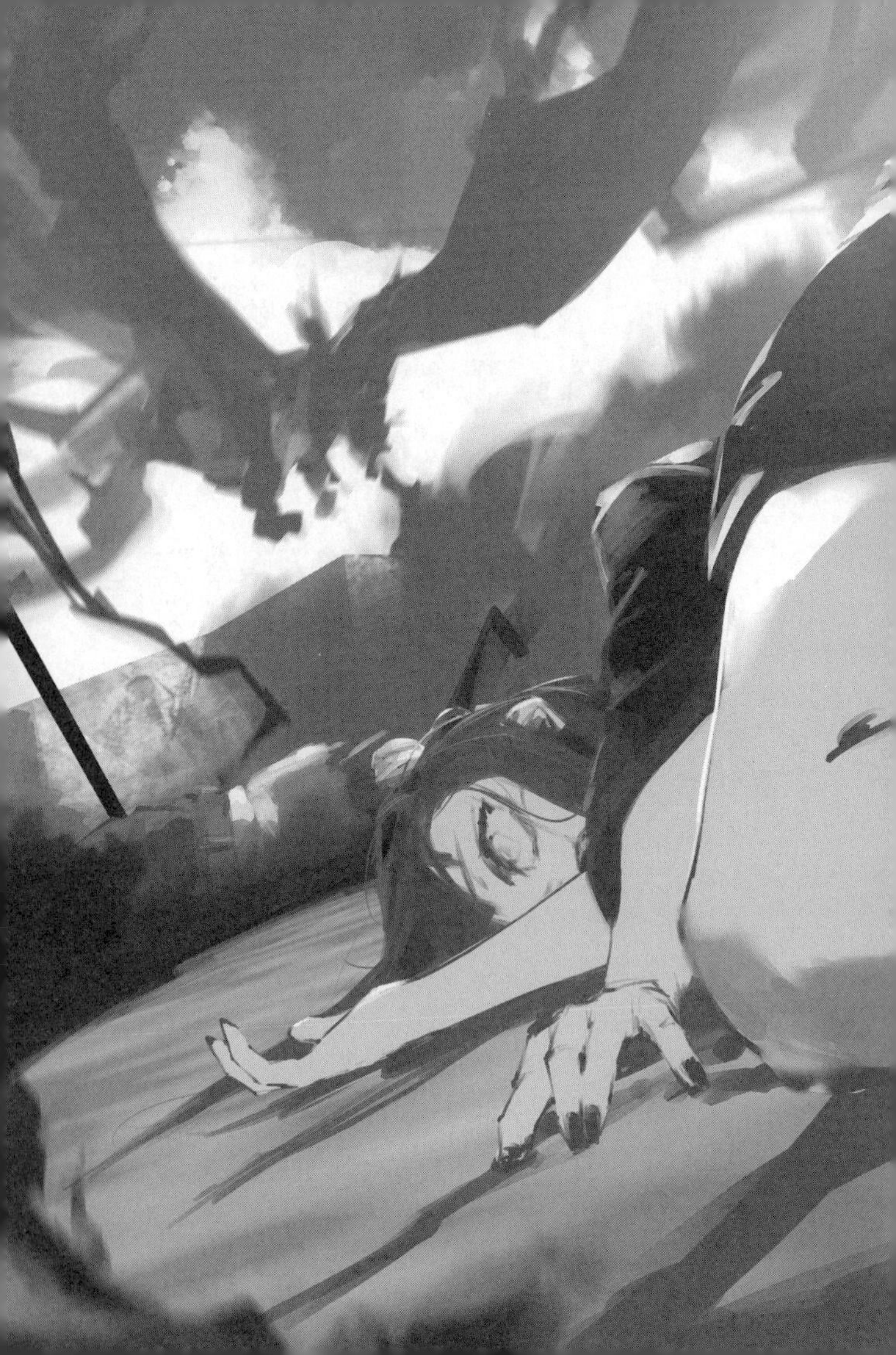

エピローグ　新たな旅

その商人は齢九十を越えていた。

若い頃は魔王軍と戦い、その戦いを終えた後は世界で活躍する商人となった。

今では世界一となった彼の商会の名を知らぬ者はこの世界にいないだろう。


けれども、彼の生活は質素なものだった。三人の妻を娶ったが、家族には決して贅沢をさせなかった。

周囲からケチと言われ、悪徳商人と揶揄されることもあったが、彼は生き方を変えることはなかった。

そして今、彼は夢を見ていた。若い頃の夢だ。

冒険者を志し、上手くいかず、仲間と出会い、旅をした。九十年の人生の中では短い期間だったが、かけがえのない日々だった。


夢の中の彼は若い姿をしていた。魔物と戦うために身体を鍛え、今よりもずっと痩せていた頃の姿だ。

「懐かしいな」

自分の姿を見て、彼は呟いた。見えるはずのない自分の姿が見える。それが夢である証拠だった。

誰かがこちらに向かって歩いてきた。靄でよく見えないが、彼にはある確証があった。

「久しぶりだな、トラオ」

その男は長身で、青い髪で整った顔立ちをしていた。

「ライネル……」

「私たちもいますよ」

夢なのだろう。けれど、夢とは思えなかった。

いつの間にか、すぐそばにシエルとルイーズもいた。

「やっぱり商人って図々しいのね。冒険者やった後に九十まで生きるなんて」

ルイーズが変わらない憎まれ口をきいた。

「迎えにきたんだ。一緒に行こうか」

ライネルが言った。

「……どこへ？」

「旅だよ。また一緒に旅をしよう」

そう言ってライネルが差し出した手を、トラオは振り払った。

「何を今さら。勝手に僕を追放しておいて、今さら一緒になんか行けるものか」

トラオは冷たく言い放った。

「俺たちはお前のことを、ずっと仲間だと思っていた」

手を振り払われたライネルは、それでも穏やかな表情を浮かべている。

「今さら遅い。もう君たちは仲間なんかじゃない」

トラオは顔をしかめた。

「そんなことを言っても説得力がありませんよ？」

シエルが悪戯（いたずら）っぽく笑った。

「トラオは言いたくないことを言うとき、顔をしかめたり、眉間に皺を寄せたりして誤魔化す癖があるんですから」

「え？　そんな癖があるはずがない。僕は商人だ。そんな癖があったら相手に足元を見られる」

そう言いながらも、眉間に皺を寄せていないか確かめるように、トラオは右手を顔に当てた。

「トラオは商売のためなら平気で嘘をつける人間ですから、そこは大丈夫なんです。自分の心を偽るときだけその癖が出るんですよ。ちなみにその癖のことは、あの子たちにも伝えました」

「あの子たち？　リオたちのこと？」

言われてみれば、リオたちには妙に見抜かれていると思うときもあったし、言わなくても理解してくれていると感じることもあった。思えばそれは、そういう時だったかもしれない。

「大体、私たちのことを仲間じゃないと思っていたなら、その右手に付けているものは何？」

からかうようにルイーズに指摘されて、トラオは顔に当てていた右手を慌てて後ろに隠した。

「もう遅いんだよ……わかってるだろ？　僕は君たちが戦っているとき、何もしないで、ただ傍観していたんだ」

「仕方ないさ。お前がいても勝てなかったよ」

ライネルが言った。

「それだけじゃない。僕は君たちの死体から武器や装備を奪って金にしたんだ」

「あなたが信じないと言った神の奇跡よ」

ルイーズが言った。

「トラオの手段はちょっとあれでしたけど、世界を救ったんですから、これくらいの奇跡は当然じゃないですか」

シエルが労(いたわ)るようにトラオの頭を撫でた。

この夢が奇跡？　こんな金にならないものが？　ケチな神様もいたものだ。

でも……

「そっか。悪くない奇跡かもしれないね」

ライネルの手を取って、トラオは立ち上がった。

「じゃあ行こうか。新たな旅に」

そこには屈託のないトラオの笑顔があった。


——


世界一の大商人と言われた男は、ベッドの上で穏やかな死を迎えていた。

過去には冒険者としても知られた男だった。

その左手には三人の妻との結婚の証である三つのガーネットの指輪を、右手には生涯外すことがなかったサイズの違う四つのブルーリングをつけていた。

あとがき

『追放もの』というジャンルが、ライトノベルにはあります。

まず、「仲間たちから主人公が追放される」というインパクトで読者を惹きつけるところから物語は始まります。しかし、実は主人公はすごい才能を持っていたため、それを失った仲間たちは没落していき、一方で主人公は他所で評価され、幸せになっていくというふうに話は展開していきます。

勧善懲悪的なわかりやすいストーリー。簡単に言うとシンデレラですね。家では冷遇されていたけど、元々美人だから舞踏会では評判になって、王子様と結婚できると。

しかし、シンデレラはともかくとしても、そんな『追放もの』に自分はあまりピンときませんでした。

「主人公の能力を正確に評価できなかった仲間たちと、自分の能力に自覚のない主人公はおかしくないだろうか?」「そもそも、信頼関係を築けていない間柄を仲間と呼ぶのか?」「追放する根拠が貧弱過ぎないか?」「基本的に話が出オチでは?」等々です。

そういうわけで、自分が疑問に思っていた部分を修正して、追放ものを書いてみようと思いました。

本当にわかりにくい力、追放されるに足りる理由、仲間たちとの信頼関係、それらを包括して迎える結末。

そうしてできた物語が、『追放された商人は金の力で世界を救う』です。

正直に言えば、『追放もの』としてこの作品が面白いかと言われると微妙なところです。

主人公は良い人ではありません。追放した仲間たちは悪者ではありません。なので、勧善懲悪のわかりやすい物語にはなっていないわけです。

しかも、主人公のトラオが魔王を倒すのに使うのが金の力。夢も希望もありません。

とはいえ、現実では問題を解決するのはお金だったりするわけです。それゆえに能力としては、リアリティがあるのではないかと思いました。

金に汚いが故に追放されるというのも、説得力があるのではないかと。

作中でトラオはがむしゃらに金を稼ぎました。それは決して良いお金の稼ぎ方ではありませんしたが、その力をもって彼は大業を成し遂げます。

けれど、彼が本当に欲しかったものは、お金では買えないものでした。

現実も似たようなものではないかと、わたしは思います。

二〇二四年二月吉日　　駄犬

ナンパモブがお仕事です。

～フラれに行ったらヒロインとの恋が始まった～

［著］やまだのぼる

［イラスト］成海七海

物語のヒロインと現実のモブ
二つの世界を揺るがす恋が始まる!?

ヒロインにナンパを仕掛けては撃退されることで、主人公達の恋を進める“ナンパモブ”で日銭を稼いでいるB介。しかしある日、いつも通りヒロインに声をかけると、なぜかその子がついてきて――!?　シナリオを壊せば自らも彼女の世界も危険に晒すと知りながら、B介は抱いてはいけない恋心を抱き始める……。ヒロインの幸せと自分の想い、そして世界の中で葛藤する「誰でもない男」の純愛物語。

さぁ、悪役令嬢のお仕事を始めましょう
元庶民の私が挑む頭脳戦2

［著］緋色の雨 ［イラスト］みすみ

嫌われたいのに好かれまくる!?
傷だらけ悪役令嬢奮闘記

余命わずかな妹を救うため、財閥令嬢の身代わりとして悪役令嬢を演じている庶民の女子高生・澪。しかしその思惑とは裏腹に、学園の令嬢・令息達に慕われてしまっていた。そんな中、学園の一大イベントである体育祭がやってくる。敵対していた令嬢達になぜか懐かれ、やりづらい中でクラスを優勝に導こうと画策する澪。そこでの“失態”で、今度こそ孤立するかと思いきや……？

この本を読んでのご意見・ご感想・ファンレターをお待ちしております。
〒104-8357 東京都中央区京橋 3-5-7
(株) 主婦と生活社 PASH!文庫編集部
「駄犬先生」係

PASH!文庫

※本書は「小説家になろう」(https://syosetu.com)に掲載されていたものを、改稿のうえ書籍化したものです。
※この作品はフィクションであり、実在の人物・団体・法律・事件などとは一切関係ありません。

追放された商人は金の力で世界を救う

2024年3月11日 1刷発行

著　者　駄犬
イラスト　叶世べんち
編集人　山口純平
発行人　倉次辰男
発行所　株式会社主婦と生活社
〒104-8357 東京都中央区京橋 3-5-7
[TEL] 03-3563-5315(編集) 03-3563-5121(販売)
03-3563-5125(生産)
[ホームページ]https://www.shufu.co.jp
製版所　株式会社明昌堂
印刷所　大日本印刷株式会社
製本所　小泉製本株式会社
デザイン　浜崎正隆(浜デ)
フォーマットデザイン　ナルティス(原口恵理)
編　集　堺香織

　ISBN978-4-391-16183-0